정신과 전문의 김승기 시인의 자존감 처방전

우울하면 좀 어때

정신과 전문의 김승기 시인의 자존감 처방전

우울하면 좀 어때

초판 1쇄 발행·2019년 3월 20일
초판 3쇄 발행·2019년 12월 13일
지은이·김승기
펴낸이·김종해
펴낸곳·문학세계사
주소·서울시 마포구 신수로 59-1(04087)
전화·02-702-1800
팩스·02-702-0084
이메일·mail@msp21.co.kr
홈페이지·www.msp21.co.kr
페이스북·www.facebook.com/munsebooks
출판등록·제21-108호(1979. 5. 16)

값 13,000원
ISBN 978-89-7075-907-4 03810

이 도서의 국립중앙도서관 출판예정도서목록(CIP)은 서지정보유통지원시스템 홈페이지(http://seoji.nl.go.kr)와 국가자료공동목록시스템(http://www.nl.go.kr/kolisnet)에서 이용하실 수 있습니다. (CIP제어번호: CIP2019008639)

정신과 전문의 김승기 시인의 자존감 처방전

우울하면 좀 어때

문학세계사

Prologue

혼자서 가만히 자신의 이름을 불러 보세요.

나는 매일 진료실에서 아주 많은 삶과 만납니다. 참으로 다양한 이야기들을 마주하게 되는데, 그중에는 드라마틱한 것들도 많아 어떤 때는 영화나 소설보다도 감동적이고 재미있는 장면도 만나게 됩니다.

그런데 나는 그 이야기만을 좇아가는 단순한 독자가 아닙니다. 나도 그 이야기 속에 뛰어들어 한 페이지가 되어야 합니다. 거기엔 낙엽 지는 쓸쓸한 풍경도 있고, 깜깜한 어둠 속, 미궁의 안갯속, 너무나 추워 벌벌 떨어야 하는 허허벌판도 있습니다.

이 책을 읽는다면, 살아가면서 미처 읽어내지 못하고 '그냥 지나쳐 버린', '지나치고 있는', '지나칠지도 모르는' 순간들을 유심히 들여다볼 수 있습니다. 타인의 삶을 통해 보이지 않았던 나의 창을 들여다보게 될 수도 있습니다.

그런데 진료실에서 접하는 대부분의 이야기들은 너무 아픕니다. 물론 각자가 처한 스트레스 상황도 문제지만, 그것을 더 아프게 하는 것은 밑바탕에 웅크리고 있는 '외로움'(정신분석 용어로 '분리불안') 때문입니다.

나는 최근 한 문학 잡지에 이런 시를 발표했습니다.

혼자서 가만히
자신의 이름을 불러 보세요

무거운 공간이
만져집니다

어떤 이는
그것에 눌려
꼼짝 못 하고

어떤 이는 그만,
길을 잃곤 합니다

어쩌면 우리가
같이 있을 때
'오롯이 혼자'
일지 몰라요

—「혼자」 전문

이 세상에 외롭지 않은 사람은 없습니다. 이는 분리 불안을 완전하게 극복한 사람은 존재하지 않는다는 얘기입니다. 따라서 사람이라면 누구나 외롭고 쓸쓸할 수밖에 없으며, 그럴 때마다 우리는 가족 친구 이웃에 기대며 살아갑니다.

내 진료실을 찾는 사람들의 이야기가 덜 아팠으면 좋겠습니다. 그러기 위해서는 서로 서로가 보다 더 보듬고 위로하는 따듯한 세상이 되었으면 좋겠습니다.

혼자서 가만히 '나'의 이름을 불러 주세요.
인생은 나를 찾아 떠나는 여행입니다.

Contents

| Prologue | 혼자서 가만히 자신의 이름을 불러보세요

1

당신의 자존감은 안녕하신가요?

1. 분리 불안1 —누군가 없으면 잠을 못 자는 여자 010

2. 분리 불안2 —집착하는 사람들 014

3. 자존심이 높은 남자 018

4. 자존감이 낮은 여자 021

5. 페르소나(Persona) 026

6. 남의 눈빛 하나에도 우울해지는 의대생 031

7. 사춘기 직장 증후군— 어른들의 사춘기 037

2

자라나지 못한 마음 속의 아이들

8. 마음속의 아이들 044

9. 아이가 너무 어수선해요 047

10. 엄마는 내 여자 053

11. 휴지 빼주는 남자 058

12. 사춘기는 없으면 안 되나요? 063

13. 자식에게 줄 수 있는 가장 좋은 선물 068

14. 31번째 남자 072

3

상처받기 쉬운 가족이라는 울타리

15. 착한 여자 증후군 078

16. 형제는 왜 싸우는가? 083

17. 형제는 사랑하지 않는다 087

18. 센티멘털 박 093

19. 혼자 밥 먹는 남자 098

20. 그녀의 겨울 103

4

남자와 여자 그리고 결혼

21. 결혼의 조건 1 108

22. 결혼의 조건 2 111

23. 사이-거리는 존중되어져야 한다 115

24. 섹스(Sex)라는 것 118

25. 닫아버린 성(性) 123

26. 의부증과 의처증— 날마다 페니스에 이름 쓰는 여자 128

27. 유쾌한 이혼 131

28. 필리핀산 행복 136

29. 죽지도 못하는 여자 140

30. 스토커(Stalker)를 만나면? 144

31. 술만 먹으면 180도 달라지는 사나이 148

5

장애와 통증 사이— 내가 혹시 이런 병에 걸린 것은 아닐까

32. 애착 장애— 중독으로 들어가는 문 154
33. 경계가 많은 사람들 160
34. 공황 장애— 숨 막히는 두려움 165
35. 우울증— 마음에 드리운 긴 그림자 171
36. 대인 공포증— 사람을 대하는 게 불편하고 두렵다 176
37. 불안 장애— 누구에게나 '불안'은 있다 184
38. 잘 사는 것 같은데 저 환자 왜 왔나요? 188
39. 수면 장애— 이유 없이 잠 못 이루는 밤 192
40. 두통 1— 신경 쓰면 누구나 머리가 아프다 198
41. 두통 2— 밤낮없이 머리가 아파요 202
42. 해리 현상— 사랑도 지울 수 있다면 205
43. 꿈— 다정한 친구 210

| Epilogue | 까짓것 우울하면 좀 어때? 217

1

당신의 자존감은 안녕하신가요?

1. 분리 불안 1— 누군가 없으면 잠을 못 자는 여자

혼자 있을 때 외로워지는 것은 인간의 보편적 감정이다. 그러나 외로움을 느끼는 강도는 사람마다 다르고, 어떤 사람은 외로움이 너무 심해서 혼자 있는 상황을 공포로 느끼기도 한다.

A 씨는 남편과 두 아이가 있는 30대 초반의 여성이다. 어려서 부모가 이혼하여 할머니 손에 키워졌다. 새엄마가 들어왔으나 특별히 못되게 한 것은 아니지만, 이복동생과는 달리 자신에겐 의례적으로 대하는 것처럼 느껴졌다. 자는 것도 주로 할머니와 잤고 혼자서 자랐다고 해도 과언이 아니다. 그녀는 어려서부터 유난히 외로움을 탔고 혼자 있으면 꼭 어떻게 될 것 같은 공포감에 사로잡히곤 했다. 결혼을 해서도 남편이 집에 안 들어오면 무서워서 밤새 잠을 못 자서 친정집에서 할머니를 모셔와 같이 지내야 했다.

의외로 이런 사람들이 많다. 외로움, 혼자 있기를 두려워하는 것을 정신의학적 용어로 말하면 분리 불안(Separation anxiety)이다. 이 분리 불안이 어떻게 생기고, 또 어떻게 극복되는가를 안다면, 혼자 있기 힘들어하는 사람들을 잘 이해할 수 있고 그런 사람들에게 도움이 될 것이다.

당신은 외로움 없이 얼마나 혼자 잘 있을 수 있는가? 어려서 불안이 일어날 때마다 그때 그때 믿음이 잘 주어지며 얼마나 잘 키워졌는지에 달려 있다. 충분하고 적절한 사랑을 받으며 성장한 사람은 혼자서도 잘 있고, 외로움을 쉽게 느끼지 않는다. 당연히 이런 사람들은 심리적으로 안정되어 보다 행복한 생활을 영위할 수 있을 것이다.

성격은 어려서 거의 형성(5살 이전에 90% 이상 형성)된다. 따라서 자신이 어떤 환경, 어떤 부모에게 키워졌느냐가 너무나 중요하다. 앞의 예의 환자처럼 어려서 친엄마와 이별하게 되는 경우는 믿음 형성이 상처를 받고 멈추어 버려, 분리 불안을 극복하지 못한 상태로 남아 있을 확률이 높다.

바로 태어나서는 시력이 안 나온다. 그래서 신생아들은 엄마(혹은 엄마 대리인, 이하 생략)와 신체적 접촉을 하지 않으면 엄마가 없는 것으로 생각한다. 그래서 업어주거나 안아주어야만 울지 않는다. 그러나 꾸준한 신체 접촉을 통해 믿음이 쌓이고 시력이 발달되어, 업어주거나 안아주지 않아도 엄마가 옆에 있으면 울지 않는다. 항상 엄마가 곁에 있으며 믿음이 더 쌓이면, 엄마가 보이지 않는 안방에 있어도 아이는 거실에서 혼자 논다.

그러나 처음엔 조금 놀다 불안해져서 엄마가 있는지 확인을 한다. 확인할 때마다 엄마가 그 자리에 항상 있다면 아이의 믿음은 점점 커지고, 그렇게 충분한 믿음이 생기면 아이는 마침내 놀이터로 진출할 수 있게 된다. 그러나 처음에 아이는 조금 놀고 불안해져 집으로 와서 다시 엄마가 있는지를 확인한다. 이런 불안과 확인 과정을 거치며 믿음은 점점 커지게 되고 그에 비례해서 아이가 놀이터에서 노는 시간은 점점 길어지게 된다. 좀더 믿음이 확고해 지면 '아! 엄마는 눈에 안 보여도 항상 나랑 같이 있구나!' 하는 생각이 들게 되고, 엄마를 자기 마음속에 내재화(Internalization)시킨다. 그 내재화가 보다 굳건해지면서 아이는 유치원도 가고, 학교도 가며, 나아가서 어른이 되어, 혼자의 생활을 영위하게 된다. 그러나 이 과정에서 믿음이 깨져 쌓이지 않으면 엄마와 떨어지려 하지 않는다. 그리고 혼자 있게 되면 자신이 버려진 것과 같은 고독감과 공포감을 느끼게 된다. 어려서 형성되는 믿음의 강도는 사람마다 다르고, 그 믿음의 강도가 약할수록 그 사람은 외로움을 많이 탄다. 아주 믿음이 없거나 약한 사람은 어른이 되어서도 혼자 있으면 마치 갓난아기가 혼자 버려진 것과 같은 심한 공포감과 고독감과 황폐함을 느낀다.

앞의 환자에게 혼자 못 자는 원인이 분리 불안 때문이라는 것과 그 분리불안의 발생 과정을 자세히 설명했다.

"저는 언제쯤 그런 믿음이 생겨서 혼자도 버려졌다는 느낌을 갖지 않게 될까요?"

참 답답한 질문이다. 영화 같으면 옛날로 필름을 다시 돌려 수정하겠지만 그럴 수도 없는 노릇이다. 지속적인 면담을 권했으나, 가끔 그녀는 약을 타러 올 뿐이다. 어쨌든 그 시간이나마 그녀 속에 엄마 없이 울고 있는 아이의 울음이 그치길 바랄 뿐이다. 그래도 다행인 것은 미완의 믿음을 형성될 수 있게 할머니와 남편한테 알뜰한 보살핌을 받고 있다는 것이다.

지금 우리가 느끼는 것, 경험하는 것, 그것은 결코 지금의 것이 아니다. 과거 느꼈던 것의 반복이고 재경험일 뿐이다. 어려서의 상처를 극복하지 못했다면 어떤 문제에 직면할 때마다 그 시점으로 퇴행(退行)하여 그때처럼 그 상황을 똑같이 겪게 된다. 따라서 과거가 미래를 결정한다고 할 수 있다.

요즘 결손가정이 속출하고 있다. 이런 가정에서 자란 아이들은 부모로부터 적절한 분리가 이루어지지 않을 것이고, 외로움에 약하여 쉽게 불안정할 확률이 높다. 앞으로 이런 구성원이 많게 될 대한민국 국민의 인성은 쉽게 상상이 되는 일이다.

처방전

현재 당신이 혼자서도 잘 지낼 수 있다면, 혼자 있는 시간을 즐길 수 있다면, 그것은 당신의 훌륭한 자산이고 능력입니다. 그리고 좋은 부모 밑에 태어난 당신의 행운에 감사해야 합니다.

2. 분리 불안 2 — 집착하는 사람들

어떤 아이는 자신의 담요를 손가락으로 돌돌 말아 항상 물고 있다. 또 어떤 아이는 자기가 좋아하는 특정 인형을 항상 껴안고 있다. 어떤 사람은 어디를 가도 집에서 베고 자는 자신의 베개가 있어야 잘 수 있어 여행 갈 때도 베개를 가지고 다닌다. 공부를 하거나 무슨 일을 할 때 노래를 항상 틀어놔야 하는 이도 있다.

이렇게 특정한 어떤 것에 유난히 집착하는 사람들이 있다. 그 어떤 것이 있어야만 마음이 안정되고 집중이 잘 되며 불안하지 않다. 왜 그럴까? 그 이유를 모르는 사람들은 '그 사람 참 별스럽다.'고 할 것이다. 그러나 여기엔 심리적인 이유가 숨어 있다.

한 마디로 그 이유는 분리불안 때문이고, 미완의 분리 불안 극복 과정에서 나타난다.

아이는 엄마, 혹은 그 대리자와 떨어지는 것이 참 힘들다. 너무 힘든 일이기에 바로 떨어지지 못하고, 그 엄마를 대신하는 것에서 일시적 위안을 얻는다. 그것이 위에 예로 든 담요이고 인형이고 노래이다. 말 그대로 트랜지언트 오브젝트는 '지나가는(Transient)' '매개체(Object)'이고, 시간이 지나면서 분리 불안이 잘 극복되면 그것은 없어도 된다.

어쨌든 아이가 엄마(엄마의 대리자)와 분리되는 것은 심리적 상처다. 엄마가 없을 때 공포에 싸여 악을 쓰며 우는 어린아이를 상기해 본다면 그 이해가 어렵지 않을 것이다. 기다리던 엄마가 계속 안 온다면 아이는 엄마에 대체되는 대상을 찾고 그것으로 불안을 달랜다. 꿩 대신 닭인 셈이다. 이렇게 분리 불안을 감소시켜 주는 중간 대상이 〈트렌지언트 오브젝트(Transient Object)〉이며, 엄마와 분리를 일시적 도와주는 이 매개체는 분리(Separation)가 완전히 이루어지면 더 이상 필요 없게 된다.

어떤 사람은 다 큰 어른이 되어서도 계속 트랜지언트 오브젝트에 집착을 지속하는 경우가 있는데, 이는 어른이 되어서도 여전히 극복되지 못한 분리 불안이 강하게 존재함을 의미한다.

과연 완전 분리란 것이 있을까? 다른 말로 더 이상 트랜지언트 오브젝트 같은 것이 전혀 필요 없는 자유 상태가 될 수 있는가?

다 큰 어른들도 아주 급한 위기 상황에서는 '아이고 어머니'를 찾는다. 어쩌면 완벽한 분리(分離)라는 것은 불가능하다. 따라서 트랜지언트 오브젝트는 인간에게 필수적일 수밖에 없다. 단지 그 대상에게 집착이 줄어들고 분산되어, 일상적인 것들로 대치되는 것이 아닐까 싶다. 배우자, 애인, 친구, 담배, 술, 음악, 좋아하는 특정물체나 기호식품 등은 모두 트랜지언트 오브젝트라 할 수 있다.

인간이 하나의 완전한 개체로 독립한다는 것은 너무나도 힘든 과정을 거친다. 그 독립의 과정은 태어나자마자 시작되고, 어려서 순간순간의 엄마와 떨어졌던 불안과 공포의 과정은 무의식 속에 많고 적고 차이만 있지, 보이지 않는 상흔으로 남아있다. 그것은 어떤 상황이 닥치면 상처가 커져 재경험(Re-experience) 된다.

이것이 바로 인간의 보편적 감정인 외로움이며 고독감의 정체이다. 잘 지내다가도 언뜻 밀려오는 외로움이나 고독감, 참 우리를 난감하게 한다. 그래서 무작정 걷기도 하고 누군가를 불러내어 술을 마시기도 한다. 그러다 보면 그 고독감은 어느덧 물러가고 반짝 개여서 내가 언제 그랬냐는 듯 또 무소처럼 씩씩하게 혼자 길을 간다. 그러나 언제 또 그런 순간이 다가올지 모를 일이다.

트랜지언트 오브젝트에서 완전히 해방되기는 힘들다. 그러나 그것이 너무 뚜렷하여 병적이라면 치료의 대상이 될 것이다. 그 치료는 면담을 통한 분리 불안의 극복이 방법일 것이다. 그러나 이는 성장 발달기 초기의 문제라 그 극복이 여간 어렵지 않다.

분리 불안의 회피 수단이기 때문에 그의 내면에 도사리고 있는 어린아이의 성숙을 돕는 수밖에 없다. 모든 버릇이나 습관은 그가 불안을 극복하는 최선의 선택이다. 그리고 그 최선의 선택, 집합체가 그의 성격일 것이다.

당신이 특별히 즐겨 하거나 좋아하는 것이 있다면 거기엔 나름의 이유가 있고 그것이 바로 트랜지언트 오브젝트일 가능성이 높다. 세계 IT 강국의 초석이 되고 있는 대한민국 국민의 핸드폰에 대한 집착, 아이들의 인터넷에 대한 집착, 이 현상도 트랜지언트 오브젝트의 한 단면이라 볼 수 있다.

처방전

당신은 지금 어떤 종류의 트랜지언트 오브젝트를 갖고 있나요? 사람의 모든 버릇이나 습관은 불안을 극복하는 최선의 선택일 수 있습니다. 오히려 그것을 즐기는 것도 한 방법이 될 수 있습니다.

3. 자존심이 높은 남자

B 씨는 속상했다. C가 자신이 한 일에 혹평했다는 소리를 들었다. 그는 그 자리에서 자존심이 상해 쌍욕까지 하며 화를 냈다. 이런 일이 반복되어 왔고, 그는 잘 삐치고 사람들과 틀어져 말도 안 하곤 했다. 사람들은 그를 어려워했고, 아주 자존심이 센 사람이라고 했다.

B 씨는 자존심이 센 사람일 수는 있어도, 자존감이 높은 사람은 아니다. 아니, 그는 자존감은 아주 약한 사람이다. 그래서 툭하면 화를 낸다. 이는 자존감이 약해서 쉽게 열등감을 느끼기 때문이다.

자존감(Self-esteem, 자기를 존중하는 마음)이 높은 사람은 자기 스스로를 존중하는 심리 소유자이기 때문에 남의 말에 그다지 신경 쓰지 않는다. 누가 뭐라든 자신은 잘났고 괜찮은 사람이기 때문이다.

가령 아주 어린아이가 당신을 어른처럼 칭찬하며 어깨를 토닥거린다면 어떨까? 아마도 '조그만 게 까불고 있어!', 꿀밤을 한 대 먹이고 싶을 것이다. 자존감이 높은 사람은 남이 자신을 비판해도 꿋꿋하지만, 칭찬에도 초연하다. 어설프게 칭찬하려 들면 오히려 기분 나빠한다. '지가 뭔데 건방지게 나를 평가해!'

자존감이 높다는 것은 아주 큰 자산이다. 낮은 자존감은 행복한 삶을 방해하고 정신건강을 아주 취약하게 한다. 주위 환경에 예민하게 반응하며 항상 휘둘린다. 툭하면 열등감에 빠져 화를 내고 속상해하며, 스스로도 자주 무력감을 느끼고 좌절감에 익숙하다. 그러다 보니 당연히 대인관계도 문제가 있다. 게다가 아무것도 아닌 일에도 오해하고 자신을 업신여긴다고까지 생각하며, 자신이 없어 남 앞에 나서기를 두려워한다.

이렇게 자존감은 너무나도 중요하다. 그런데 이것은 약으로 어떻게 할 수 있는 것도 아니고. 또 몇 번 면담으로 생기는 것도 아니다. 높은 자존감은 성장과정에서 얻어진 결과물이고, 부모의 양육태도와 환경이 중요하다.

아이를 양육하는 방법에는 크게 두 가지가 있을 수 있다. 하나는, 잘못하는 것을 야단치는 것이다. 그리고 다른 하나는, 잘하는 것을 칭찬하는 것이다. 아이를 자존감 높게 키우려면 어떻게 해야 할까? 당연 두 번째 방식이 좋다. 자존감이 높은 당당한 아이로 키우려면 칭찬을 많이 하시라. 고래도 칭찬에 춤춘다고 하지 않는가?

자존감이 없다고 이미 지나간 성장과정 탓만 할 수는 없는 일이다. 자존감은 '자신에 대한 긍정적인 자기평가'이다. 스스로 만족할 수 있게 생활을 잘 해나가고, 그로 인해 긍정적인 평가가 지속된다면 '스스로도 자신을 높이 평가하게 되어' 자존감이 증가될 것이다. 그렇지 않고 엉망으로 산다면, 있는 자존감도 없어져 갈 것이다.

그래서 나는 치료실에서 만나는 낮은 자존감 때문에 힘들어하는 환자들에게 이런 말을 자주 한다. "당신이 즐겁게 생활을 하며 맡은 일을 매순간 잘 해 나간다면, 사람들은 당신을 긍정적으로도 평가할 것이고, 스스로도 당신 자신을 존중하게 될 것입니다."

어쨌든 자존감이 높으면, 설령 힘든 일이 있어도 쉽게 좌절하거나 흔들리지 않는다. 그리고 항상 자신 있고 여유로우며 대인관계에 거리낌 없다. 이런 사람의 옆에 있으면 저절로 즐겁다. 다시 말하지만 높은 자존감은 너무나도 중요한 자산이다. 당신이 어려서부터 높은 자존감의 소유자라면, 그렇게 성장시킨 부모님과 그런 환경을 제공한 가족에게 감사하시라!

처방전

흔히 우리는 자존감과 자존심을 혼동하고, 혼란스럽게 생각합니다. 영어로 하면 둘 다 'Self-esteem'입니다. 영어는 한국말처럼 미세한 뉘앙스의 차이를 표현할 만큼 정교하지 않습니다. "자존감=Self-respect(자기가 주체가 되어 보는 자신), 자존심=Self-esteem(남에 비친 나)." 정리하면, 자존감은 자신이 주체가 되어 자기를 바라보는 것이고, 자존심은 그 주체가 내가 아닌 타인이 자기를 바라보는 것입니다.

4. 자존감이 낮은 여자

불안하고 예민한 28세 새댁이 남편과 방문했다. 사람들이 많은 데 가면 가슴이 뛰고, 요새는 슈퍼만 가도 사람들이 볼까 두근거려서 통 밖을 못 나가겠단다. “남 눈치를 보게 되고 시선을 어디에 둘지 모르겠어요.”, ‘내가 쳐다보면 불편하지 않을까? 내가 쳐다보면 그 사람들이 나를 못생겼다고 무시한 것은 아닐까?’ 이런 생각들을 하다 보니 당연히 사람들이 있는 곳은 불안하지 않을 수 없다. 아무도 없는 집에 혼자 있으면 불안하지 않다는 그녀! 그녀의 성격은 아주 강박적이어서 자기 생각, 자기 생활 방식대로 꼭 되어야만 마음이 편하다. 나는 그녀에게 그녀가 전혀 이상하지 않고 젊고 예쁘기만 하다 했더니, 괜히 자기를 안심시키기 위해 그런다고 했다. 나는 바로 그렇게 생각하는 것이 큰 문제라고 지적을 했다.

다음 날 그녀는 약간 기분이 좋아져 혼자 왔다. 약을 먹어서 그런지 다른 사람들에 대한 의식이 좀 덜 되더란다. 결혼식장도 혼자 갔다가 왔는데, 아주 괜찮았던 것은 아니었다. 사람 많은 데 가니 또 심장이 많이 뛰고, 사람들이 자신을 쳐다보면 못생겼고 이상하게 보는 것 같아서 불안했다. 그러나 그런대로 참을만했고 또 갈 수 있을 것 같고, 어제 내가 말해준 '젊고 예뻐 보인다.'라는 말이 생각나서 위안이 되더란다. 그런데 식장에서 좀 화가 나고 기분이 안 좋았단다. 자기는 손님으로 식장에 갔으니 당연히 친절해야 하는데 그렇지 않은 것 같았고, 업신여긴다는 생각이 들어 기분이 영 안 좋았단다. 친절해야 할 사람들이 친절하지 않으면 적으로 보게 되고 화를 내게 된다고 했다.

두 번의 면담에서 환자에게 문제가 되는 역동적인 면을 잘 보여주고 있다. 치료를 위해 진단이 꼭 필요한 것은 아닌데, 굳이 붙인다면 대인공포(사회불안이라고도 한다)라 할 수 있을 것이다. 중요한 것은 이런 증상이 나타나게 된 심리적 원인으로 그녀의 문제는 '낮은 자존감'이고, 이 때문에 남을 너무 의식하며 나타나는 증상들이다.

낮은 자존감은 참으로 사람을 힘들게 한다. 대인관계에서 업신여긴다는 등 쓸데없는 생각을 하여서 자신을 불안하고 불편하게 만든다. 이 환자를 보라! 자신을 예쁘다 해도 그대로 받아들이지 못하고, 자신이 뭐 유명인도 아니건만 모든 사람이 바라보고 있다고 생각하며, 밑도 끝도 없이 자신을 업신여긴다니, 또 식장에 가면 의례적일 수도 있건만, 반드시 친절해야 하고 그렇지 않으면 적이라 생각한다니!

세상만사를 잘못 인식하고 있다. 이런 잘못된 인식, 이를 인지 왜곡이라 하는데, 그녀는 인지 왜곡 때문에 지금 대인 공포증을 앓으며 힘들어하고 있다.

그렇다면 이런 인지 왜곡은 왜 나타나는 것일까? 그녀의 과거 상처들이 그렇게 만든다. 아마도 면담을 하다 보면 하나하나 나올 것이다. 힘들었던 많은 사건들이 존재하고 있을 것이다.

아니나 다를까 환자의 어릴 적 환경은 너무 열악했다. 부모는 항상 다투었고, 결국 이혼하여 환자는 엄마와 둘이 살았다. 엄마는 사는 것을 힘들어 하고 귀찮아했으며 매사 신경질적이고 폭력적이어서, 자주 때렸다 한다. 그럴수록 '엄마가 자기를 버리면 어쩌나' 하는 생각에 더욱더 엄마에게서 떨어지지 않으려 했다. 이 때문에 유치원에 안 가려 했으며, 유치원 생활도 적응을 잘 못 했다.

사람을 사귈 줄 몰라서 늘 외톨이였고, 엄마를 은연중 닮아가서 마음에 안 들면 토라지고 폭력적이 되었다. 그런 생활이 계속되었고, 고등학교 때 반 친구 여러 명이 그녀의 폭력적 행태를 집단으로 문제삼았다. 그것이 전환점이 되었다 한다. 이때부터 모든 것을 참고 혼자 속으로 삭이며 화를 내지 않고 남의 눈치를 보는 아이가 되었다.

당연히 환자는 이런 환경에서 자라며 칭찬이라곤 받아본 적 없고, 상처뿐인 환경을 거쳤다. 이런 상황에서 어떻게 적절한 생각과 감정, 그리고 세상에 대한 믿음, 자신에 대한 자존감이 생길 수가 있겠는가?

앞으로 면담을 통해 이런 과거 문제점들을 살펴 직면케 하고, 하나하나 해석하며 고쳐 나가고, 이를 반복하며 스스로도 자신을 올바로 바라볼 수 있는 능력을 키워 나가야 한다.

시중엔 자존감에 대한 책들이 많이 나와 있다. 참으로 많은 사람들이 관심을 갖는 것 같다. 자존감, 정말 행복한 삶을 위해 꼭 필요한 자산이다. 그런데 대부분의 자기 개발서들이 그렇듯이, 가슴에 남는 것이 없어서 실망이었다.

자존감은 미사여구로 갈무리한다고 생기는 것이 아니다. 또 무조건 자신에게 주문을 걸고 '자존감을 높이자!, 높여야 한다!'라고 외치며 노력한다고 되는 것도 아니다.

낮은 자존감을 갖은 사람 내면엔, 자기에 대한 많은 잘못된 인지 왜곡이 존재한다. 그리고 그것을 만들어 낸 과거와 상처들이 존재한다. 그 상처 하나하나를 어루만지며 치료해 나갈 때, 비로소 '온전한 한 사람'이 되어 자존감을 회복할 것이다.

이 세상에 원래 '높은 자존감'은 존재하지 않는다. 단지 '자기를 존중하는 마음'이 존재할 뿐이고, 자기를 존중하는 마음은 '자기를 이 세상에 하나의 온전한 개체'로 인정하는 것이다.

처방전

세상을 있는 그대로 '온전한 개체'로 바라본다는 것은 참 힘든 일입니다. 누구나 편견이라는 인지 왜곡이 존재합니다. 단지 이 환자와는 다르게, 흔히 받아들일 수 있는 일반적인 것일 뿐입니다. 불가에선 '세상을 있는 그대로 바라볼 수 있으면 부처'라고 합니다. 중생이 어떤 일을 볼 때 반드시 거기엔 잘못된 생각이 존재하고, 그 때문에 희로애락에 물든다고 합니다. 어쩌면 부처는 스펙트럼입니다. 일 퍼센트 부처, 오십 퍼센트 부처, 백 퍼센트 부처의 형상으로 존재합니다. 당신은 몇 퍼센트 부처인가요? 쓸데없는 선입견 없이 세상을 온전히 바라볼 수 있다면 당신은 이미 백 퍼센트 부처입니다.

5. 페르소나(Persona)

모 고등학교에서 전교 1등을 한다는 학생이 병원에 왔다. 익히 이 작은 도시에서 그의 명성(?)을 들어 어떤 친구인가 궁금하기도 하고, 같은 또래의 아들이 있는지라 부러워하던 터였다.

그의 방문 이유는 '우울하고 자꾸 눈물이 나며 잠을 못 자고 만사에 자신이 없다' 는 것이었다.

조금 더 깊은 면담으로 들어가 보았다.

'자신의 생각을 말이나 글로 표현하기 힘들고 충동 감정 조절이 안 된다. 글쓰기가 막히면 머리가 멍하다. 자신의 생각을 말하면 들키는 것 같아, 하고 싶은 말을 못한다. 공부 때문에 스트레스받는 게 싫다. 가끔 게임을 한다. 많은 친구를 사귀고 싶은데 그 애가 나를 싫어할까 봐 말을 못 한다.'

참 의외의 이야기를 쏟아놓았다. 나는 그 친구가 모든 면에서 적응을 잘하는 친구려니 생각했었다. 그러나 내 선입견이고, 이는 또 다른 사람(특히 부모나 선생님)들의 선입견이며, 이 선입견들에 그 학생은 여태 부응하며 살아왔고 그것이 문제였다.

T: 다른 애들은 어떨 것 같은데?

P: 다른 애들은 그렇지 않을 것 같은데요……

그러나 천만의 말씀이다. 누가 자기 생각을 모두 다 표현할 수 있고, 누가 글이 막히면 멍하지 않고, 누군들 완벽히 충동 조절을 할 수 있고, 그 나이에 컴퓨터 게임을 하고 싶지 않으며 공부에 스트레스를 안 받겠는가. 또 누군들 다른 사람이 싫어하지 않을까 걱정하지 않겠는가?

자신은 이러이러 해야 한다는 역할, 페르소나에 너무 완벽하려다 보니, 과부하가 걸린 것이다.

스위스 정신심리학자 융은 성장과정에서 부모나 사회가 요구한 기준과 역할을 페르소나(Persona)라 했다. 페르소나는 본래 연극배우가 쓰는 탈을 말하는데, 남의 또는 남이 요구하는 가치관이나 역할 행동을 자기 것인 양 동일시해서 생각하고 행동하는 것이다.

정신의 성장과정을 보면 초기에는 페르소나 동일화(Identification)를 강화하고, 일정 시간이 지나면 그 페르소나를 벗어던지는 과정이 진행된다.

페르소나 강화 시기는 아마 우리나라에서는 고등학교까지가 아닌가 싶고, 그 강화된 페르소나를 진짜 자신이 되기 위해 벗어던지기 시작하는 시기는 일반적으로 대학 과정에서부터일 것이다.

중·고등학교까지 페르소나 동일화를 잘하여 부모나 학교가 바라는 바에 잘 따르는 사람이 소위 '착한 사람'이고 '모범생'이며, 이는 칭송의 대상이 된다. 동일화 과정은 성격 형성에 꼭 필요하고 이를 통해 사회가 요구하는 도덕과 양심, 규범이 훈습되고 길러진다.

그러나 페르소나는 자기 것이 아니고, 자기 것인 양 생각하는 남의 가치관이다. 자아(自我)가 점점 성장하면서, 그동안 남의 옷을 입은 것 같은 페르소나를 벗어던지는 과정은 반드시 필요하고, 그 페르소나를 다 벗고 나름의 주체성을 가진 인격체가 바로 '어른'이다.

이 친구는 벗어던져야 할 페르소나를 자기 것인 양 덕지덕지 쓰고, 안 맞는 탈춤을 추려니 이런 문제가 생기고 있다. 페르소나를 벗어내는 과정이 주체성의 형성이며, 주체성 형성은 사춘기에 성장을 위해 마스터해야 할 과제이기도 하다. 그러나 우리나라 청소년들은 입시에 쫓겨 그 성장이 이뤄지지 않고 있는 것이 비극적이고 안타까운 현실이다.

지금까지 모범생, 즉 과대한 기대치의 페르소나에 자기를 맞추며, 그것을 못 따라가니 불안하고 우울하고 자신이 없었던 것이다. 이제 이 친구의 과잉으로 동일화된 페르소나를 깨는 작업이 필요하리라. 나는 불순한

(?) 그 작업을 시작하였다.

나는 “다른 애들은 어떨 것 같은데?” 물었고, 나의 견지에서 보는 답을 되돌려 주었다. “누구든 그럴 것이다. 그러면서도 다른 사람보다는 더 잘하고 있기에 전교 일등도 할 수 있는 것 아니냐? 물론 공부가 다는 아니지만, 머리만 있다고 공부를 잘할 수 있는 것은 아니고, 성실감·인내심·심리적 능력의 총합이 우리가 말하는 공부란다.”

그 친구는 나의 이 말에 얼굴이 순간 환해졌다. 이런 면담이 두 번 더 이어졌고, 내 역할은 ‘너는 잘하고 있다’는 확인을 해주는 것이었다. 단 세 번의 면담으로 그는 완전히 자신감을 얻었다.

“지금은 개성 사회다. 개성 사회는 가치관이 저마다 다 다르다. 똑같은 일을 해도 어떤 사람은 잘했다 하고 어떤 사람은 비난하며 어떤 사람은 관심도 없을 것이다. 그런데 너는 평가에 있어 모든 사람에게서 칭찬만 원했고 그렇게 되려고 노력을 했다. 모든 사람에게서 좋은 평가를 받는다는 것은 망상이다. 또 그럴 필요도 없다. 네가 할 수 있는 것은, 자신이 하고 싶은 대로 하는 것이다. 그리고 누가 너를 싫어한다면 그 애랑 놀지 마라. 까짓 거 너를 좋아하는 사람하고 놀면 될 게 아니냐? 이 세상에 영원한 진리는 없다. 단지 저마다의 선택만이 있을 뿐이다.”

나의 말은 그의 마음을 흔들어 놓기 충분했다. 이후 그 친구는 자신의 행동 감정 등에 자신감을 가지고 학교생활을 잘하고 있다. 타의 추종을 불허하는 전교 1등을 유지하면서 말이다.

처방전

이 세상에서 우리를 가장 힘들게 하는 것은 '완벽하려는 것'과 '남을 의식하는 것'입니다. 어쩌면 이 두 가지는 결국 한 가지의 말이기도 합니다. 완벽하다는 것은 성장과정에서 부모나 사회가 요구한 기준에 부합하려는 노력이고, 그 기준을 어른이 되어서도 벗어나지 못하는 것이 남을 의식하게 되는 것입니다.

6. 남의 눈빛 하나에도 우울해지는 의대생

의과대학에 다니는 D 군. 그는 수시로 우울감이 엄습해 온다. 모든 게 무의미하고 허무하여, 무력감에 아무것도 할 수 없을 때가 많다. 그럴 때면 무작정 거리를 걷거나, 버스나 기차를 타고 헤매다 일상으로 지쳐 돌아오곤 한다. 그리고 혼자서 자주 술을 심하게 마시곤 한다.

T : 언제부터 그런 것 같아요?

P : 대학에 들어와서 시작되어 점점 심심해졌어요. 고등학교 때까진 집과 학교밖에 몰랐어요. 성적은 늘 좋아서 집이나 주위의 칭찬을 들었는데, 의대 들어오니 아니더라고요. 참 머리 좋은 친구들이 많아요. 나름 열심히 해도 성적이 잘 안 나와요. 열등감이 생기고 자신감을 잃어

가며 남을 의식하는 것이 생긴 것 같아요.

T : 열등감이 생기고 자신감을 잃어가며 남을 의식하는 것이 생겼다고요?

P : 예, 같은 반 친구들이나 아니면 선배에게 말을 해 놓고 후회를 해요. '그렇게 말하는 것이 아니었다. 요렇게 했어야 하는 것인데…' 마음에 안 들게 한 말을 다시 지워버리려 머리를 흔들곤 해요. 그리고 상대방의 태도와 표정 하나하나에 아주 민감해졌어요. 나에게 긍정적 반응인 것 같으면 괜찮은데 그렇지 않은 것 같으면 금세 의기소침하고 우울해져요.

T : 상대의 반응에 따라 그러는 거네요.

P : 예, 그게 점점 심해지는 것 같아요. 이젠 모든 사람에게 확대되어, 물건을 사다가도 시장 아줌마 눈길 하나에도 그래요. 그러다 보니 우울감이 시도 때도 없이 엄습해요. 의대는 매일 시험인데, 집중이 안 되고 너무 힘들어요. '이러다 낙제 당하지' 싶어서 놀아도 도서관에서 놀아요. 그러다 아주 무기력해지면 다 귀찮아져서 떠나야 해요. 설령 다음날이 시험이라도…

T : 떠난다고요?

P : 밤차 타고 부산을 주로 많이 가요. 아침에 부산역에 떨어져요. 바다가 보고 싶어 태종대를 갔다가, 다음은 자갈치로 가서 시장을 돌아다니곤 해요. 한참 여기저기 다니다 보면, '사람들은 참 열심히 사는구나! 나는 지금 무엇을 하나?' 하는 생각이 들어요. 그때 다시 돌아오는 거에요. 올라오는 기차에서 허둥지둥 시험공부를 해요. 자주 떠나고 돌

아오고, 그런데 이상한 게 있어요. 떠날 때면 항상 거기에 꼭 누가 있을 것 같아요. 막연한 그리움처럼.

D 학생의 대학 생활은 이런 나날의 연속이었다. 하루하루 생활이 너무 힘들었고 주기적으로 떠나야 했다. 어떤 때는 삶이 무의미하고 아무것도 할 수 없어서 차라리 죽고 싶다는 생각이 든다. 하지만 부모님 생각하면 그럴 수도 없어, 자기가 고아였으면 좋겠다는 생각도 한다. 친구관계는 늘 수동적이어서 자신에게 다가오는 사람들하고만 그럭저럭 지냈다.

D 군은 전형적인 회피성 인격장애(Avoidant personality disorder)다. 회피성 인격장애는 거절에 대해 매우 예민하다. 누가 자신을 거절하는 눈치만 보여도 심리적으로 무기력한 모습을 보이며 위축되고 감정 변화가 심하다. 그래서 자신을 거절하지 않을 것이라는 확신이 드는 사람하고만 인간관계를 맺으려 하고, 남 앞에 서면 지나치게 긴장하는 사회불안(대인공포증)을 겪기도 한다. 그리고 거부나 상실에 대한 두려움이 커서 혼자 지내려고 하지만 내적으로는 친밀한 관계를 간절히 원한다.

D 군은 고등학교 때까지는 오로지 공부밖에 모르는 모범생이었다. 지금의 우리나라 대부분의 청소년들이 그렇듯, 공부로만 내몰리고 여타 사회활동이 없어 대인관계에 아주 미숙하고 심리적 성숙이 부족하다. D 군은 오로지 공부 잘한다는 것 하나가 자존심을 유지하는 전부였는데, 그것

에 문제가 생겼다. 지금 우리나라 의대는 가장 머리 좋고 공부 잘하는 학생들이 가는 곳이다. 상대적 열등감을 느끼며 자기애(Narcissism)에 타격을 받아서 굳건하지 못한 미완의 자아 주체성이 흔들리며 혼란 상태에 빠진 것이다. 주체성의 상실 상태에서는 남의 평가에 휘둘리게 된다. 그래서 D 군은 남의 눈빛 하나에도, 꺼질 듯 흔들리는 촛불처럼 나약한 존재가 되었다. 조금만 거절의 낌새만 있으면 바로 위축되고 무기력해지며 우울감 속으로 빠져든다. 그리고 자신의 행동 하나하나를 반추하며 자신을 자학하고 검열한다.

D 군이 떠날 때마다 거기 가면 누가 있을 것 같다는 생각이 든다는데, 그것은 무엇일까? 이는 회피적 성격 장애 때문인데 대인관계에서 위축되어 혼자 있는 시간이 많지만, 속마음은 늘 누구와 친밀관계를 원하는 것이다. 아마도 '그 누구'는 자신의 모든 것을 털어놓고 의지할 수 있는 대상일 것이다. 어쩌면 소심하고 수동적인 인간관계 때문에 갖지 못하는 이상형의 이성 친구일지도 모르겠다.

어쨌든 그는 우리 병원을 찾으면서도, 부단히 떠나고 돌아왔다. 그러면서 '과연 자신이 무사히 의대를 졸업하고 의사의 길을 갈 수 있을까?' 하는 의문을 던지며 어렵게 대학을 다니고 있다. 언제쯤 그는 유쾌하며 자신 있고 씩씩한 청년으로 돌아올 수 있을까?

그와 역동적 지지 면담을 시작했다. 면담 중에 본인의 무기력과 우울감이 대인관계를 거절하려는 두려움 때문이라는 것을 알게 되었고, 나는 이것을 환자에게 누차 재확인(정신분석에서는 이를 직면, Confrontation이라 한다)시켰다.

그러나 심리적으로 내면이 분석되어 자신을 안다고 치료되는 것은 아니다. 그는 머리로만 이해하는 것이지, 현실의 비슷한 상황에 닥치면 또다시 같은 심리 상태로 계속 빠져들곤 했다.

왜 그럴까? 왜 이렇게 벗어나지 못하는 걸까? 문제는 이미 완성되었어야 할 주체성(Identity) 형성이 취약하기 때문이었다. 주체성, 즉 일관되게 유지되는 고유한 실체로서의 자기, 자기 내부의 일관된 동일성 유지, 자신은 다른 사람들과는 다른 고유의 소망 사고 기억 외모 등을 가지고 있다는 자각, 등이 그에겐 확고하지 않다.

이는 비단 D 군의 문제만이 아니다. 아마도 현재 고등학교를 졸업하는 대부분의 학생들이 이렇지 않나 싶다. 우리 교육의 아주 큰 문제이기도 하다. 나는 이런 친구들을 만날 때마다 강조하는 말이 있다.

[진짜 어른은 '남이 설령 틀렸다고 해도, 자신이 하고 싶으면 그 일을 할 수 있는 사람'이다.]

[현대는 개성화 시대다. 똑같은 일을 했다고 해도 사람마다 평가가 다른 시대에 살고 있다.]

[사람의 평가는 한순간에 이루어지는 것이 아니며, 설령 한 번 실수했

더라도 그 후 계속 잘하면 반드시 좋은 평가를 받을 것이다. 일순간이 아니라 그 사람 전체를 보고 판단한다.」

어쨌든 그는 면담이 지속되며 주위의 평가에 덜 민감해져 갔고, 우울감과 무력감에서 많이 벗어났으며, 무엇보다 중요한 것은 자신을 사랑하고 스스로를 돌아보는 힘이 생겨갔다.

그러나 그는 오늘도 묻는다. 다른 사람이 어떻게 생각했겠느냐고, 그러다 내 눈치를 보며 금세 그러는 자신을 반성한다. 그는 이런 과정을 반복하며 타인의 눈에서 자유로워져 갔고, 비록 성적은 우수하지 않더라도 자신만의 장점이 있다는 것을 자각해 나갔다.

이렇게 방황하며 보낸 날들이 그로 하여금 심리 분야에 관심을 갖게 했고, 자신은 나와 같은 정신과 의사가 되고 싶단다. 자신은 손재주가 없어 외과는 못하겠고, 남을 이해하고 들어 주는 것은 자신 있다고 한다.

처방전

이 세상에는 어차피 당신이 어떤 일을 하더라도, 칭찬하는 사람과 비난하는 사람이 존재합니다. 어느 장단에 춤을 추어야 할까요? 자기 장단에 춤을 추세요. 자기가 하고 싶은 대로 하고, 당신에게 호의적이고 좋아하는 사람들과 지내면 됩니다. 그러면 그 사람들과 한세상 살아도 세상은 충분히 즐거울 수밖에 없을 겁니다.

7. 사춘기 직장 증후군— 어른들의 사춘기

아침에 눈을 뜨자마자 회사 가기 싫다는 생각이 먼저 든다, 모든 것을 포기하고 싶은 마음이 든다, 이렇게 살아야 하는지 모르겠다는 회의감이 자주 든다, 이 길이 내 길인가 하는 생각에 회사에서도 구직 사이트를 수시로 확인한다, 모든 것이 싫고 어디론가 떠나고 싶다, 작은 일에도 걱정이 많아지고 불안을 느껴서 중요한 업무에 방해가 된다, 답답하고 쉽게 짜증이 난다, 스스로가 초라하고 필요 없는 죄의식을 자주 느낀다, 식욕이 감퇴하고 불면증에 시달린다, 의욕이 없다.

이른바 '직장인 사춘기 증후군'이라는 것이다. 이는 2003년 국립국어원 '신어' 자료집에 수록된 단어로, '직장생활에 대한 회의감으로 뚜렷한 이유 없이 직장 일에 불만을 갖는 증세를 비유해서 이르는 말'이라 적고 있다. 또, 직장인들이 '앞날'을 걱정해 슬럼프에 빠지는 심리적 불안 상태를 일컫는 말이고, 청소년의 싱숭생숭한 심리상태를 빗댄 말로 외환위기 이후 등장하였으며, 경제·구조 개편으로 인해 기업의 구조조정이 가속화되면서 생기게 되었다고도 말하고 있다.

그런데 이 설명이 반드시 맞는 말일까? 우리의 선대 세대는 일제 침략기 6.25사변 등 IMF보다 훨씬 혹독한 시련을 겪었다. 그러나 그 시련들을 딛고서도 지금의 한국을 이루었다. 이에 비하면 IMF, 구조조정은 비교도 안 되는 시련이다. 그런데 외부 요인만을 '직장인 사춘기 증후군'의 이유로 설명하는 것은 크게 잘못되었다. 어려운 외부 상황이 하나의 유발 요인은 되었을지언정, 그 근본적 원인은 아니다. '직장인 사춘기 증후군'을 겪는 본인, 그 당사자의 내면이 더 문제다.

많은 사회 초년생들이 지금 공통으로 겪는 문제는 정체성의 문제다. 정체성 형성이 제대로 되지 못했다, 사춘기 과업을 제대로 달성하지 못한, 미처 사회인이 될 준비가 안 된 사람들이, 험난한 사회 속으로 그냥 배출되며 생기는 일이다. 온실 같은 학교생활에서 벗어나 준비 안 된 상태에서 무한경쟁 사회 속으로 던져지며, 그들은 부적응을 보이고 있는 것이다. '직장인 사춘기 증후군'은 '사춘기 지연이나 고착화 현상'이 그 원인이고 사춘기를 건너뛴 어른들이 비로소 겪는 '일종의 늦은 성장통'이라고 봐야 한다.

흔히 사춘기는 이르면 초등학교 말부터 시작되어 고등학교 때 겪게 된다. 사춘기는 부모에서 독립 어른이 되는 성장의 필수 단계로, '자아정체성의 확립'이 사춘기의 성장 과제다.

그런데 우리나라 청소년은 앞에서도 지적한 대로 입시에 쫓겨서 제대로 사춘기를 겪지 못하고 있다. 막무가내로 지연되어 대학으로 넘겨지고 있는데, 그 대학마저 취업만을 준비하는 곳으로 전락되어 고등학교의 연장선상에 있다. 다시 또 사춘기 과업인 정체성 확립을 하지 못하고 또다시 지연되고 만다.

그러나 각각의 성장기마다 발달과제는 반드시 완수해야 한다. 그래야 계속 심리적으로 성장을 할 수가 있다. 그런데 안타깝게도 이것이 안되고 있다. 이는 너무나 심각하고 아주 시급한 문제다. 결과적으로 사춘기 고착상태가 된다. 고착(固着)상태란 정신분석 용어로 어떤 시기에 이루어야 할 성장과업을 완성하지 못하고 다음의 과정으로 아주 건너 뛰어버린 상태다. 이런 사람들은 조그만 어려움에 봉착을 해도 성장이 멈춘 그 자리로 속수무책 퇴행하여 어린애 같은 행태를 보인다.

우리 사회 구성원이 이렇게 '사춘기 고착상태의 미성숙자'들로 이루어진다는 것은 참 불행한 일이다. 사춘기 고착 증후는 직장에서뿐 아니다. 모든 국민이 다양하게 앓고 있다. 다시 말하면 자아정체성 확립(Personal identity)은 크게 두 가지 면에서 이루어진다. 하나는 '신체 정체성'이고, 또 다른 하나는 '동일화(Identification) 정체성'이다.

신체 정체성. 우리나라는 지금 성형(成形) 열풍 속에 있다. 고등학교를 졸업하고 대학 입학 전에 여학생들이 성형외과를 가는 것은 기본이다. 또 다이어트 열풍은 어떤가? 살이 찌지도 않고 건강한데 삐쩍 마른 연예인처럼 되겠다며 굶기를 밥 먹듯이 하는 여성들이 너무나 많다. 이런 모든 풍조는 모두 '신체 정체성'의 혼란상을 극명히 보여주는 것이다.

그리고 '동일화(Identification) 정체성' 확립은 어떤가? 동일화 정체성은 '저분은 참 훌륭하고 타의 모범이 될 만하다.' '나도 저렇게 되고 싶다.' 이렇게 어떤 특정인을 롤모델로 삼아 자기를 동일화시켜 가는 과정이고, 이를 통해 그 사회는 상식과 판단 기준을 얻게 된다. 그러나 우리 사회엔 존경 대상이 이미 존재하지 않는다. 더 이상 어른도 전문가도 없다. 초등학교를 나왔건 대학원을 나왔건 목소리 큰 사람이 제일이다. 그리고 상식과 판단 기준이 없는 이 사회에는 편향된 매스컴이나 인터넷의 부추김이 도를 넘는다.

이는 어른들의 사춘기(청년기) 고착 상태의 명확한 징후이다. 우리 사회의 거리에는 많은 애어른들이 활보하고 있다. 참으로 불행한 얘기다. 애어른들은 자기의 욕망이나 활동을 방해하는 것은 무조건 부정하고 인정하지 않는다. 이는 14~17세 정신연령에 해당된다. 아니 어떤 경우는 자기 행동을 방해하지 않는데도 제 충동을 억제하지 못하여 자타(自他)를 무조건 부정하기까지 한다. 이는 13~14세의 반항기 정신연령에 해당된다.

지금 우리나라엔 성숙되지 못한 애어른들의 이기적 개인주의가 만연되어 가고 있다. 어쩌다 자신과 반(反)하기만 하면 내면의 콤플렉스를 막무가내 투사하여 과격해진다. 참 삭막한 풍광이다.

어떤 통계에 의하면, 직장인 사춘기 증후군을 잘 극복했다는 사람은 절반이 안 된단다. 그 극복 방법은 '시간이 지나니 자연스럽게 극복됐다'가 과반 이상이고, 친한 지인들을 자주 만나 스트레스를 풀었다, 규칙적으로 취미생활을 했다, 자기계발을 더 열심히 했다는 순이었다. 이는 뒤늦게 사회에 나와서야 사춘기를 새삼 겪으며 늦게나마 발달과제인 정체성 확립을 이루고 있다는 얘기다. 그러나 다양한 노력에도 불구하고 사표를 내는 사람이 10명 중 3명에 이른다고 한다. 이 10명 중 3명!, 이들은 아직도 사춘기 발달과제를 완수하지 못한 사람들로, 한 마디로 '사춘기 고착 장애자들'이다.

처방전

자아 정체성(Identity)이란 '일관되게 유지되는 고유한 실체로서의 자기를 가지며, 자기 내면에 일관된 동일성을 유지'하는 것을 말합니다. 흔히 주체성이라고도 합니다. 자아 정체성 확립된 사람은 '자신이 다른 사람들과 다른 나름대로 고유한 소망과 사고, 기억, 외모 등을 가지고 있고, 싫든 좋든 그것이 바로 나라는 받아들임'이 있습니다. 쉽게 말해서 "그래 나는 이렇게 생겨먹었어! 어쩌라고! 누가 뭐래도 나는 내 생긴 대로 살 거야! 네가 나를 싫어 한대도 어쩔 수 없어! 세상엔 나 같은 사람을 좋아하는 사람도 많아! 나는 그 사람들과 재미있게 살 거야!"라고 말할 수 있는 사람입니다. 이런 사람은 자기 자신을 사랑하고 자존감이 높을 수밖에 없습니다.

2

자라나지 못한 마음 속의 아이들

8. 마음속의 아이들

35세 여성이 화병으로 치료를 받고 있다. 그런데 부엌에서 물을 냄비에 팔팔 끓이면 사랑하는 아들을 그 속에 집어넣고 싶기도 하고, 어떤 때는 그 끓는 물을 아들 얼굴에 팍 끼얹고 싶다고 했다. 스스로도 '말도 안 돼!' 도리질을 쳐보지만, 번번이 떠오르는 이 생각에 물을 끓이기가 무섭다고 했다.

왜 말도 안 되는 생각에 휩싸이는가? 그녀의 마음속 어린아이가 자신의 아들을 질투하는 것이다. 그녀는 어려서 허구한 날 구박만 하는 부모 밑에서 자랐다. 자신이 그렇게 자랐기 때문에 아들의 호강스러운 꼴을 도저히 못 참겠다고 하는 것이다. 또 그녀의 마음속에는 해결되지 않은 분노들이 가득하고, 고착되어 자라지 못한 빨주노초파남보 무지개 색깔 나이의 아이들이 살고 있다. 그 아이들은 시도 때도 없이 떼를 쓴다. 그녀는 어쩔 수 없이 그 아이들과 매일매일 싸워야 한다. 그러다 보니 가슴이 답답하고 뜨거운 불덩이가 치밀어 오르는 것이다.

우리들 마음속에는 성장하지 못한 아이들이 살고 있다. 현재의 나이와 상관없이 우리 마음속 그 아이들은 가끔 말도 안 되는 떼를 쓴다. 또 그 아이는 한 아이가 아니고 여럿이다.

1살 아이, 5살 아이, 10살 아이……, 20살 아이……, 어른 아이. 우리가 어떤 일을 부닥쳤을 때 울고 웃고 화내고 하는 것은 현재의 내가 아니다. 마음속의 성장하지 않고 있는 이 아이들이 하는 어처구니없는 짓이다.

서울 명동 거리를 걷다 보면 사람도 참 많다. 그런데 거리의 그 사람들은 왜 이렇게 쏟아져 나와 골목골목 누비는가? 그 사람들의 발길을 끌고 가고 있는 것은, 현재의 그가 아니다. 사람들 마음속의 어린애, 그 아이들이 아직 채우지 못한 갈증이다.

채워지지 않은 갈증은 항상 무지개를 피워 올리고 그것을 좇는 뒷모습을 우리는 '즐겁다', '행복하다'고 부른다. 그 행복은 하루짜리 신기루로 거의 끝나지만 아주 운 좋게 그 무지개를 손에 꼭 잡는 경우가 있다.

그러나 그 무지개를 잡는 순간 그 아이는 이미 이 세상 사람이 아니다. 갑자기 키가 훌쩍 커지며 '지금의 나'와 그만 통합이 되어 버린다. 그렇게 아이가 사라진다고 해도 마음속에는 또 무수히 많은 아이가 있다. 그 아이들을 욕망이라고도 한다.

흔히 불가에서 '중생은 욕심 때문에 산다' 라고 한다. 이를 다른 말로 하면 우리들 마음속에 '아직 자라지 못한 아이들 때문'에 산다는 얘기다. 결국, 세상을 끌고 가는 것은 이 어린아이들로, 그래서 대단한 것 같아도 한 발짝만 물러서서 바라보면 유치찬란하다. 저마다 매일매일 무지개를 띄워 좇아가고 어떤 때는 한 개의 무지개를 같이 띄워놓고, 월드컵이니 뭐니 우르르 떼로 몰려간다. 그래서 텔레비전 연속극은 매일 울고불고 끝이 없다.

그런데 그저 죽을 둥 살 둥 막무가내 달려가는 사람들을 보면 그들 마음속의 어린아이를 꼭 껴안아 주고 싶을 뿐이다. 비록 현재 나이가 많더라도 마음속 아이가 어리다면 아직 미성숙한 사람이다. 또 어떤 경우는 마음속 여러 아이들 중 다른 아이들은 다 자랐건만 한 아이가 영 자라지 못하고 어리광을 부리는 경우가 있다. 아주 유명한 인사나 사회에서 존경받는 사람도 말도 안 되는 고집을 부릴 때가 있다. 바로 그 어린아이가 심통을 부리는 것이다.

처방전

당신의 마음속 아이는 몇 살인가요? 아직 몇 명이나 있나요? 이 세상 모든 어리석고 모진 곳에는 그 아이들의 어리광이 숨어 있습니다. 성숙한 사람은 자신의 마음속 어린아이들이 현재 나이만큼 자라서 자신과 한 몸이 되어 그 숫자가 적습니다. 그래서 어리광이 없고 쓸데없이 떼를 쓰지 않습니다. 또 스스로 규칙에 얽매이지 않으며 남을 자신의 고집불통 집착으로 묶지 않습니다. 이미 그 짓을 할 만한 어린애가 그의 마음속에 존재하지 않기 때문입니다.

9. 아이가 너무 어수선해요

T : 아이가 자네요!

P : 일부러 잘 때 데리고 왔어요. 애가 낯가림이 심하고 워낙 어수선해서요. 너무 힘든데 어떻게 해야 하나요?

T : 자라며 아이와 엄마가 떨어져 지낸 적이 있나요?

P : 아니요. 분만 전에 3년 육아 휴가를 내어서 23개월째 제가 직접 아이를 기르고 있습니다.

T : 그런데도 그렇다고요.

P : 애가 아토피가 있어요. 아파트는 건조해서 가려움 증상이 심해요. 선선한 곳을 좋아하는데 아파트에 난방이 들어오는 시간이면 더욱 힘들어해요. 내가 화장실을 가려 해도 안 떨어져요. 정말 죽겠어요. 다행

인 것은 다른 사람한테는 낯가림이 아주 심한데 아이가 시부모님한테는 잘 가요.

T : 정말 다행이네요.

P : 저에게 문제가 있어요.

T : ?

P : 아이에게 한동안 잘해주다가도 참지 못하고 가끔 계속 화를 내게 돼요.

T : 하루 중 얼마라도 아이를 조부모에게 맡겨보시는 게 어떨까요. 그리고 그 동안 아이 때문에 하지 못했던 것을 한번 해보시죠.

P : 두 분도 아이를 좋아해서 그러고 싶어 하시는데 차마 제가 부탁을 못 하겠어요. 어차피 내년에는 아이를 시부모에게 부탁하고 복직해야 해요.

T : 그렇다면 더욱 그렇게 해야겠네요. 처음엔 짧게 맡기다 점점 시간을 늘려 가는 게 좋을 것 같은데.

P : 저도 그랬으면 좋겠는데 제 성격이 그런 부탁을 못 하겠다니까요!

다소 신경질적인 반응을 보였다. 그래도 어쩔 수 없지 않냐 했더니, 아주 화난 표정을 짓는다.

T : 생각엔 시부모에게 부탁을 못 하시는 게 아니라, 아이를 떼어 놓는 것이 불안하신 것 같네요.

엄마가 하루 종일 아이 옆에 있다고 다가 아니다. 비록 여의치 않아 그렇지 못할지언정 짧은 시간이라도 아이와 충분히 교감을 가지며 재미있게 놀아 준다면 오히려 그것이 더 나을 것이다. 이 엄마는 3년 육아 휴직을 내서 아이를 케어하고 있는데 성공적인 육아가 못 되고 있다. 아이가 '어수선하다'라는 것은 엄마와 같이 있는 시간이 만족스럽지 못하고 불안을 느끼고 있다는 것을 의미한다. 그 이유가 무얼까? 엄마가 얘기하는 아토피 때문일까? 그 정답은 다음 면담에서 찾을 수 있었다.

P : 아이가 한참 동안은 잘 논다 싶었어요. 한동안 내가 잘 받아 주었어요. 그런데 지난 10월 아이에게 너무 짜증이 나서 한동안 그렇지 못했어요.

T : 그 후부터 아이가 더 어수선해졌나요?

당연히 '맞아요!'라는 답이 나올 줄 알았다. 그러나 의외의 대답이 나왔다.

P : 저는 어렸을 때 참 많이 외로웠어요. 엄마 아빠는 장사 나가시고 할아버지 할머니가 계셨지만, 이상하게 기억되는 게 하나도 없어요. 할아버지는 노래를 좋아하고 술을 많이 드셨던 것 같고 할머니는 쌀쌀맞았던 것 같아요. 언니 오빠는 나이 차가 많아서 자기들끼리 놀고 나는 늘 혼자였어요. 우리 집 주변의 주택가 골목은 무서웠어요. 그래도 혼자 놀 수밖에 없었고, 엄마는 장사 나갈 때 먹을 것을 많이 주고 갔어요. 나는 가리지 않고 그것을 다 먹었어요. 그런데 우리 아이는 그렇지 않아요. 음식을 너무 가려요.

T : 그래서 아이에게 화를 내셨나요?

P : 예. 나는 그렇지 않았는데, 정말 화가 나더라고요.

정말 생각 밖의 답변이다. 아이가 음식을 가린다고 화를 낸다? 이는 '나는 어려서 아무거나 주는 대로 잘 먹었는데 너는 왜 그러냐!' 시샘 섞인 화를 내고 있는 것이다. 이런 식이라면 크고 작은 일들이 아이와 엄마 사이에 많았을 것이다. 아이와 엄마 사이에는 계속 긴장 관계가 유지되었을 것이고, 그 결과가 지금의 이렇게 난(難)한 아이가 되었다.

P : 제가 생각하기엔 시부모에게 부탁을 못 하는 것이 아니라 엄마 자신이 아이를 떼어놓는 것이 불안하여 못 맡기는 것 같습니다. 그 불안을 참고 한번 시부모님께 맡겨 보시죠. 운동도 좋고 하고 싶은 일을 해보세요. 그렇게 하면 심적 여유가 생길 겁니다. 정신 에너지를 충전한 뒤 아이에게 충분한 사랑을 주어 보시죠. 항상 옆에 있다고 좋은 것이 아닙니다. 짧아도 아이가 아주 재밌어 하는 시간이 더 좋고 필요합니다. 그러려면 엄마 자신의 생활이 편안하고 재밌어야 합니다.

인간은 나이를 먹으며 차차 성숙해가는 데 그 성숙은 그냥 이루어지는 것이 아니다. 각 성장기(구강기, 항문기, 외디팔기, 잠복기, 사춘기 등)마다 그때그때 마스터해야만 하는 과업이 있다. 그 과업이 마스터 되지 않으면 그때 이루어야 할 성장이 멈추어 버린다(정신분석에선 이를 고착Fixation이라 한다). 인간의 성숙은 정도 차이가 있을지언정 완벽한 사람은 없기에, 각자 마음속엔 누구나 아직 자라지 않는 어린아이들이 살고 있다.

비록 한 아이의 어머니이지만, 자신이 처했던 비슷한 상황이 되자 퇴행하며 자기 아이를 시샘하는 어처구니없는 상황을 연출하고 있다. 그것이 너무 심해, 자신이 극진히 아끼는 아들을 끓는 물만 보면 끼얹고 싶다고 하지 않는가? 참 인간의 마음속에 숨어 있는 비의식은 이렇게 논리적이지 못하고 비합리적이다.

아이의 정신적 발달을 위해선 좋은 환경, 특히 성숙된 엄마의 적절한 캐어가 필요하다. 그런데 그 엄마가 문제가 있다면 아이의 성장에 지대한 영향을 주고, 아이는 예민하고 불안정한 아이가 된다. 그래서 소아정신과에서는 많은 경우 아이보다 보호자 면담에 오히려 더 많은 시간을 할애한다.

대가족제도 아래에서는 그나마 엄마가 문제가 있다고 해도 다른 사람들이 대신할 수 있는 완충지대가 있었다. 그러나 핵가족 아래에서는 아이와 엄마, 단둘만 같이 있기 때문에, 엄마에게 정신적 문제가 있다면 아이에게 그대로 고스란히 대물림하여 전해진다.

이 환자를 어떻게 치료해 주어야 할까는 짐작이 가실 거다. 환자의 허약한 자아를 감안, 육아의 로딩을 줄여 주어야 한다. 그리고 한편으로는 성숙되지 못한 엄마 마음 속의 아이를 성숙시켜야 한다.

비록 불안하지만, 아이를 하루에 일정 시간 시부모님께 맡겨 보게 권했다. 환자는 시부모에게 맡기고 복지관도 나가고, 하고 싶었던 것을 한다고 했다. 복직할 때까지 계속 나와 면담을 하고 싶어 했고 표정이 많이 밝아졌다. 아이도 덜 보챈다고 했다.

육아에 무엇보다 가장 중요한 것은 아이에게 일정한 잣대를 갖는 것이다. 이럴 때는 칭찬, 이럴 때는 야단! 아이는 자신의 행동에 부모 반응이 예측 가능해야 한다. 그렇지 않고 부모 자신의 기분에 따라 행동한다면 아이는 혼란에 빠지고 잘 자랄 수가 없다. 그런데 이 일정한 잣대는 누구나 가질 수 있는 것이 아니다. 부모 자신이 성숙해야만 가능하다.

그녀와 아이는 지금 어떨까? 아마도 그녀의 부모 때문에 얻은 심리적 상처가 그녀의 아이에게 다시 상처를 남기고 있고, 그 아이의 상처는 그 아이의 아이에게 상처로 넘겨질 것이다. 누구의 부모가 된다는 것은 어쩌면 참 무서운 일이다.

처방전

자식에게 부모의 관심과 사랑이 없다면, 아이들은 더 이상 부모를 의식할 이유가 없습니다. 제멋대로 행동을 하게 되고 그때그때 당장의 야단만 피하면 됩니다. 그런 순간들이 습관화되어 문제의 성격 소유자가 됩니다. 사랑으로 키워지지 않은 아이는 남을 사랑할 줄 모릅니다. 폭력 가정에서 자란 아이는 폭력 남편이 됩니다. 그리고 아주 아이러니하게 매를 맞는 엄마를 보고 자란 여자아이는 묘하게 자신의 아버지 같은 사람을 찾아내서 스스로 매 맞는 아내가 됩니다.

10. 엄마는 내 여자

E 군, 중학교 3학년. 얼마 전 PC방에서 예쁜 여학생을 알게 되었다. 계속 사귀고 싶었는데 엄마에게 미안한 마음이 들어 포기하고 말았다. E는 엄마 몸을 생각하며 빈번히 자위행위를 하곤 했다. 그러다가 이사를 하게 되어 자기 방을 갖게 되었고 엄마와 떨어져 자야 했다. 그런데 그 첫날, 자기 방에서 혼자 자려니 너무나 무서웠고 엄마가 자기를 버렸다는 생각이 들었다. 그래서 엄마가 미웠고 너무나 외롭고 불안했다. 이런 감정은 집에서뿐 아니라 혼자 있는 어디서든 느낄 수 있었다. 도서관에서 공부를 할 수 없었고, 그러다 보니 학교 성적은 뚝뚝 떨어졌다. 급기야 우리 병원을 방문하게 되었고 면담 치료를 권유했다.

면담 중 엄마의 성에 대한 많은 얘기가 나왔는데, 어느 날 면담 중 말을 중단하고 무슨 생각에 빠져 있었다.

T : 무슨 생각을 해?

P : 엄마가 누워 있고 흥분은 내가 시키는데 섹스하는 사람은 아버지네요?

참으로 깜짝 놀랄만한 상황을 연출했다. 그는 중3이건만 아직도 엄마를 자신의 여자로 생각하고 있었다. 그러면서 아버지를 포함한 모든 남자는 엄마를 괴롭히는 사람들로 생각하며 적개심을 가졌다. 이 때문에 그의 무의식 속에는 거세불안과 동시에 죄책감이 심했다.

아직 오이디푸스 콤플렉스를 벗어나지 못한 전형적인 케이스다. 남자에게 있어 첫 여성(女性)은 자신의 엄마다. 하지만 엄마는 엄연히 아버지의 여자이기 때문에 어쩔 수 없이 남자아이는 아버지와 삼각관계에 선다.

지금은 그러지 않는 것 같은데 옛날에는 어른들이 아이들에게 '너 부랄 깐다.'는 말을 참 많이 했다. 그때마다 아이들은 아랫도리를 가리며 무서워서 도망치곤 했다. 아버지로부터 보복을 받으면 어쩌나 하는 거세불안(Castration anxiety)의 표현이다.

그런데 이 말은 우리나라만 있는 말이 아니며 동서양을 막론하고 있다. 아이는 엄마라는 상대를 놓고 더 이상 아버지라는 연적(戀敵)에게 적수가 될 수 없다. 서너 살 즈음이면 아이는 백기를 들고, 남자로서 최초의 실연을 겪는다.

이 위기의 남자(?)는 아버지를 동일화하며 그 절망과 갈등을 해결한다.

그리고 엄마를 향했던 리비도(Libido)는 다른 대상으로 옮겨간다. 이것이 소위 오이디푸스 콤플렉스(Oedipus complex)이며, 그 극복의 과정이다.

왜 아직도 엄마를 여성으로 포기하지 못하고 있는 것인가? 면담이 좀 더 진행되면서 그 이유를 알 수 있었다. E의 엄마는 밖에 나갔다가 오면 무조건 옷을 벗어야 했고 티끌 하나도 못 볼 정도로 아주 강박적 성격이었다. 별것 아닌 것에 결벽증적으로 반응하여 가족 모두를 힘들게 했다. 그리고 자신이 하라는 대로 하지 않으면 짜증을 내며 야단을 쳤고 심한 벌을 내렸다. E는 이런 엄마가 무서웠고 자신을 버리면 어쩌나 하는 생각이 들곤 했다. 그래서 E는 기를 쓰고 엄마의 치마꼬리를 잡고 놓지 않았다. 그러면 그럴수록 엄마는 그런 E를 더욱 참을 수 없어 하며 떨쳐내려 했다.

이런 악순환을 지속하며 엄마와 둘이 친밀감을 유지하는 유일한 끈은 엄마와의 감촉을 통해서였다. 어떤 때는 벌을 받아 다락방에 혼자 갇히기도 했는데 그에게 이 무서움을 벗어나는 유일한 방법은 자위행위를 하며 상상에서나마 엄마와 하나가 되는 것이었다.

어쨌든 E는 중3 때까지도 엄마는 자신의 것이라는 생각을 버리지 못했고 자연히 경쟁관계에 있는 아버지와 사이가 안 좋았다. 어떤 때 아버지는 문을 잠가놓고 마치 보복이나 하듯 E를 몽둥이로 때려 너무나 무서웠고 그럴수록 둘의 사이는 악화되어 갔다. 아버지에게 잘 때 '쥐도 새도 모르게 죽임을 당하는 것 아닌가?' 하는 생각이 자꾸 들어 잠을 못 자기도 했다.

E는 너무 불안해 성이란 자위행동을 놓지 못했다. 새삼 쾌락이란 것의

효용성이 위대해 보이기까지 했다. 나는 담배를 못 피우는데, 혼자 있을 때 시도 때도 없이 담배를 피워대는 친구를 보며, 어떤 때는 '참 좋겠다.' 싶기도 하다. 사는 일이 지루하고 시시할 때 강력한 자극은 짧은 동안이나마 생생하게 존재하게 하니 말이다. 잠깐의 쾌감, 반짝이는 불꽃놀이, 그 가난함에 기대어 사람들은 메마른 세상을 뚜벅뚜벅 걸어간다.

면담이 진행되며 나는 그가 언제나 찾을 수 있는 지지자가 되었고 빠르게 안정을 되찾아갔다. 어떤 때는 면담 중에 옆으로 도망가기도 하고 어떤 때는 용감히 앞으로 나아가며 내면의 숨은 얘기를 누에가 실을 뽑듯이 계속하였고 분석 치료는 계속 이어졌다.

공식적으로는 주 1회 면담이었지만 매일 오기도 하였고, 그렇게 10여 년 500여 회의 면담이 이루어졌다. 지금 E는 더 이상 엄마를 자신의 여자로 생각하지 않는다. 그러나 그의 무의식은 아직도 완전히 엄마를 떨쳐내지는 못했다. 그는 과연 할 수 있을까 싶던 군복무도 마쳤고, 심리학을 전공하는 어엿한 대학원생이 되었다.

그러나 아직도 그는 불안이 이유인 불면 때문에 매일 약을 먹는다. 이렇게 어릴 때 해결되지 못한 콤플렉스, 무의식은 참 집요하다. 언제쯤 그 터무니없는 불안(분리 불안과 거세 불안)을 완전히 떨쳐버릴 수 있을 것인가?

엄마, 성 그리고 여자. 이 세 단어는 다른 말이 아니라 다른 차원에서 본 하나의 단면이 아닐까? 누구나 엄마 자궁에서 나왔고, 그 자궁을 항상 그리워하며, 그 대리물을 가진 여성을 남성들은 탐하며 살아가지 않던가.

처방전

우리가 어떤 부모를 만났느냐는 벌써 많이 진행된 운명이라는 뜻입니다. 어차피 사람은 운명적인 상황에서 만들어지고 담금질되며 이 사회에 쓰임새가 됩니다. 그 쓰임새는 다 닳아가면서도 추억에서 벗어나지 못하고, 그 추억의 보존에 봉사를 하며 이것이 인생이란 해괴한 목표가 되기도 합니다.

11. 휴지 빼 주는 남자

7월 28일, 이제 휴가 시즌 시작이다. 빨리 떠나라는 듯 햇볕이 많이 뜨겁다. 장마가 끝난 바로 뒤라 하늘은 맑고, 그 하늘을 점령한 태양은 한마디로 이글거린다.

점심때가 지나 두시 반, 의외의 인물이 나타났다. 늘 끝날 때쯤에서야 진료실에 나타나던 60대 초 F 씨.

T : 어쩐 일이에요?

대답 없이 그녀는 울기만 했다. 황망히 바라보고 있는데 휴지 좀 달라고 하더니 아주 펑펑 마음 놓고 울었다.

P : 이 일을 어째요. 아들이 시비를 걸어 나를 때려요.

T : 엄마를 때려요?

P : 예, 나를 막 때려요.

얼마 전 그녀의 얼굴에 상처난 것이 생각났다. 하도 술을 좋아해서 술에 취해 넘어졌거니 했는데, 그게 아니었던 거다. 언제부터 그랬냐, 어떻게 때리느냐 물으며 내가 오히려 화가 났다.

T : 그걸 그냥 혼자 쉬쉬 삭이고 있었단 말이에요?

그녀는 계속 울면서 말을 했다. 아이가 어렸을 때는 매도 자주 들며 엄격히 훈육했는데, 아이가 초등학교 때 연탄가스를 맡아 문제가 발생했단다. 애가 불쌍하기도 해 무조건 다 받아 주었고, 그랬더니 아이는 제멋대로 컸단다. 아들 덩치가 180cm에 이르는 거구가 되자 속수무책으로 그럭저럭 살아왔단다. 딸은 현재 캐나다로 시집 가 살고 있는데, 엄마가 너무 오냐오냐 키워서 그렇다고 매번 핀잔만 준다. 남편이 알면 난리가 날 것이고, 경찰에 알릴 수도 없고, 그래서 요새 궁여지책으로 방패막이가 될까 싶어 하숙생을 4명을 두고 있다.

P : 하숙을 쳐도 잘 안 되네요. 경찰에 신고할까요? 외국 딸네 집으로 갈까요?

T : 우선 남편에게 알리고 상의를 하시죠.

P : 난리 날 텐데…….

실은 남편과 남처럼 산 지가 오래여서 그와 상의할 처지가 못 된다고 했다. 나는 일단 이런 상황을 아들을 위해서도 B 씨 자신을 위해서도 알릴 필요가 있고, 그 다음에 안 되면 경찰에 알리든지 미국에 가든지 하라 했다.

아이에게는 어릴 때 엄해야 한다. 그리고 나이가 들며 오히려 풀어주어야 한다. 그런데 우리나라는 '크면 야단치지. 어린 것이 뭘 알아!' 한다. 이는 잘못이다. 여기서 엄해야 한다는 말은 사랑을 주지 말라는 것이 아니다. 일정한 잣대를 가지고 지켜야 할 규칙은 꼭 지키게 해야 한다는 것이다. 그렇게 하여 습관화된 규칙은 마음속 내재율(內在律)이 되어 양심도 되고 도덕도 되고 이른바 정신분석에 일컫는 초자아(Super - Ego)가 된다.

그런데 50, 60년대 베이비붐 세대 엄마들은 그렇지 못했다. 자기가 어렵게 컸으니 자식들이 해달라는 것 다 해주고 싶어 했다. 대물린 한풀이를 아이들에게 해주었고 그것으로 대리만족했다. 그 결과 지켜야 할 규칙들은 너무나 쉽게 넘을 수 있는 것이 되었고, 뭐든지 자기 맘대로 해야만 하는 아이들을 양산했다.

흔히 우리 사회를 개성주의 사회(Individualism)라 한다. 하지만 실상은 개인 이기주의가 그 현주소다. 자기 편의에 따라 막무가내 주장을 하며, 모든 규칙·도덕·법·양심·관습·문화를 위협하고 있다. 나이만 먹었지 끝없는 투정이 멈추지 않는 많은 미성숙한 어른들이 이 사회의 주인이 되었다. 이런 사회에서는 어떤 가치도 편의에 따라 왜곡되고, 어떤 권위나 전문적인 견해도 무시된다. 큰소리치는 사람이 이기고 법이고 주도권을 쥔다. 또 전혀 남에 대한 배려가 없고, 원초적 욕망에 붙들려 도대체가 방향이 없다.

T : 왜 울리고 그래요.

그녀가 부끄러웠던지 투정을 부렸다.

T : 나는 휴지 빼주는 남자거든요.

P : 선생님, 그 제목으로 책 쓰세요.

T : 자식은 어차피 작품이십니다.

P : 그래요, 누구를 탓하겠어요. 자업자득이지. 선생님 말씀대로 자식은 어려서 엄하게 하고 자랄수록 풀어 주어야 하는데…….

울다가 웃다가 충혈된 눈을 어떻게 해보려 쩔쩔매다가 밖에 기다리는 환자를 생각해 진료실을 나가는 그녀에게 한 마디 했다.

T : 울다 웃으면 똥구멍에 털 나요.

P : 나지요, 뭐…….

금세 웃으며, 눈물을 닦으며 농을 했다. 저 성격이 그녀를 지금까지 그래도 이 세상에 서 있게 했으리라. 그녀가 나간 진료실, 휴지 빼주는 남자는 한참 멍~ 하니 천장을 바라보았다. 근래 자식이 부모를 구타한다는 기사가 심심찮게 신문지상에 나오고 있다. 도대체 이 사회가 어디까지 가려는가.

처방전

아이를 훈육시키는 방법에는 크게 두 가지가 있습니다. 하나는, 잘할 때마다 칭찬을 하고 더 관심을 주는 훈육 방법입니다. 아이는 칭찬과 관심을 더 많이 받기 위해 노력을 하게 되고, 칭찬 속에서 성장하게 됩니다. 이렇게 자라면 긍정적이고 유쾌하며 자존감이 높은 사람으로 성장합니다. 두 번째는, 잘못하면 야단치는 방법으로 엄하게 훈육하는 방법입니다. 자꾸 야단을 듣게 되면, 아이가 한껏 위축되고 소심해지며 남의 눈치를 보게 되고, 자존감 형성에도 아주 부정적인 방법입니다.

12. 사춘기는 없으면 안 되나요?

엄마 말이라면 고분고분하던 아들 G. 요새 키도 부쩍 크고 몸집도 커졌다. 코밑에 수염도 나고 목소리도 이제 걸걸해졌다. 아들 방을 청소하다 보면 자위행위를 한 휴지가 발견되기도 하여 난감하기도 하다. 이렇듯 말 잘 듣고 착한 아이가 지금은 그렇지가 않다. 조그만 일에도 짜증이고, 뭐라 하면 잔소리로 듣는다. 그리고 친구들과 떼를 지어 몰려다니며 공부도 등한시하는 것 같다. 공부 좀 열심히 하라 했더니 알았다며 문을 쾅 닫고 자기 방으로 들어가 나오질 않는다. 보다 못한 아버지가 야단을 쳤고, 그 후 부모와 말도 하지 않는단다.

청소년 자모 상담사 모임에서 〈사춘기〉에 대해 강의 요청이 있었다. 내 강의가 끝나고 한 사람이 하소연 겸 질문을 해왔다.

"원장님, 사춘기를 겪지 않고 그냥 지날 수는 없나요?"

나는 사춘기는 성장을 위해 필수적이고, 이 과정을 겪지 않는다면 독립하지 못해 평생 돌봐야 할 것이라는 답변을 끝으로 강의를 끝낸 적이 있다. 말 잘 듣고 착하기만 하던 아이가 갑자기 변하니 부모는 당황스럽고 그 시기를 같이 겪어내며 고통스럽기까지 하다.

사춘기는 아이도 아니고 그렇다고 어른도 아닌, 이유 없는 반항의 제임스 딘이 생각나는 질풍노도의 과도기. 성적(性的) 변화가 두드러져 사춘기(puberty)라고도 하는데, 이는 청년기(Adolescence)와 흔히 혼동되어 쓰이기도 한다.

사춘기는 2차 성징으로 일컬어지는 신체 발달이 급격히 이루어져 몸이 성인이 된다. 그러나 아직 심리적으로는 성적인 관심과 충동이 높아지고, 감수성이 한껏 고조되어 아주 예민해지며, 자아의식이 높아 주위에 대한 부정적 태도가 강해져 구속이나 간섭을 싫어해 반항적이 되며 불안정하다. 이런 심리적 변화를 잘 극복하고 나서야 부모나 기성사회로부터 독립할 수 있게 되는데, 이런 과정이 없다면 영원히 의존적인 정신적 아이로 남을 것이다.

사춘기(청년기)란 아이와 어른 사이의 과도기이고 불안정할 수밖에 없다. 그래서 가치관은 극과 극을 왔다 갔다 하며 어떤 때는 이상향을 추구하다가도 또 어떤 때는 퇴행하여 형편없는 어린애가 된다. 또 감정은 시도 때도 없이 변해 자주 우울감에 휩싸이는 회색의 시간 띠 구간이다. 이때는 제 한 몸 지탱하기도 어렵고 더구나 무엇에 집중하여 끝까지 이루어 낸다는 것도 힘든 일이다. 그저 관심은 갖고 지켜보되 그냥 내버려 두는 것이 상책이다.

이런 진통을 겪으며 부모나 사회의 강요에 의해 형성된 기존의 가면같이 남의 인격인 페르소나를 벗어던지고 독립된 인격체가 형성된다. 또 그러기 위해서는 이 시기에 이뤄야 할 성장 과제가 있다. 그것은 정체성(Personal identity) 확립으로, 사춘기를 잘 거치면서 이 성장 과제를 반드시 성공적으로 이루어내야 한다.

사춘기를 제대로 겪지 못하고, 이때의 성숙 과제인 정체성 형성을 하지 못하면 몸은 어른이 되었건만 정신은 아직 어린애인 불균형 상태가 된다. 따라서 사춘기는 정도의 차이는 있어도 누구나 성공적으로 겪어야 하는 필수 과정이다.

그런데 우리나라는 지금 어떤가? 한 마디로 몸과 마음이 제대로 성장할 수 있는 환경이 못 된다. 대학입시라는 장애물 때문에 제때에 마스터해야 할 성장 과제가 대학으로 미루어지고 있다.

한때 필자는 늦게 회화를 배우겠다고 영어학원에 다닌 적이 있다. 그때 캐나다 강사인 젊은 친구가 자신은 한국 대학생들을 통 이해를 못 하겠다고 했다. '뭐가 그러냐?' 물으니, 대학생이 머리를 빨갛게 물들이고 다니는 행동을 지적했다. '너희 나라는 더 그렇지 않냐?' 했더니, 그는 정색하며 자기 나라는 고등학교 때까지는 그래도 대학에서는 그럴 여유가 없다고 했다. 매 학년 진급 때마다 절반은 탈락되는데 그런 정신 상태로는 학교에 살아남을 수 없다고 했다. 이 설명을 듣고서야 그의 말에 수긍이 갔다.

왜 이런 말을 외국인인 파란 눈의 강사에게 들어야 하는가? 이에 대한 대답은 간단하다. 그들은 사춘기를 겪어야 할 제때(만 12, 13~15, 16세)에 겪지만, 우리나라는 그렇지 못하고 뒤늦게 대학생이 되어서야 겪는다는 얘기다.

이를 달리 말하면, 서구의 대학생들은 O. 퉁리르츠가 정의한 마지막 시기인 청년·처녀기(17~22, 23세) 상태이고, 우리나라 많은 대학생들은 벌써 겪었어야 할 반항기(13~14세)내지 성숙기(14~17세)에 아직도 있다는 얘기다. 이 늦은 정신 발달 때문에 대학가 앞에는 수많은 옷가게와 미용실, 술집 등이 즐비하고 정작 진짜로 공부를 해야 할 나이에 방황하며 비틀거리고 있는 것이다.

그러나 이렇게라도 사춘기를 성공적으로 겪는다면 그나마 다행이다. 뒤늦게나마 미루어진 사춘기의 성장 과업을 완성할 수 있으니 말이다. 그러나 이제는 사회로 나가기 전의 마지막 이 성장 기회마저 박탈당하고 있는 것 같아 걱정이다. 근래 면담치료 중인 명문 Y대 학생이 말하길, 대학에 들어가 기대가 컸다. 희망을 주는 곳으로 생각했었다. 그러나 곧 실망했단다. 고등학교와 별로 다를 것이 없었고, 그렇지 않은 교수님도 있지만 거의가 열심히 공부해 취직 잘하라는 말뿐이더란다.

이는 대학이 취업 준비의 장으로 전락하고 있다는 얘기다. 사춘기 성숙의 사회진출 전 마지막 시기인 대학마저 고등학교의 연장선이 되고 있고, 지연된 사춘기는 대학에서 마저 끝마치지 못하고 정체성이 완전히 성립되지 않은 채 사회로 나가게 된다는 얘기가 된다.

처방전

사춘기에 접어든 아이의 부모가 할 수 있는 최선의 대처법은 관심을 가지고 지켜보는 것입니다. 사춘기를 힘들어하는 부모들에게 내가 가장 많이 하는 말은, 이미 "부모님의 아이에 대한 더 할 수 있는 작품 활동은 끝나셨고, 힘들더라도 지켜볼 수밖에 없습니다."라는 말입니다. 아이들은 부모나 사회가 요구하는 것을 자기가 원하는 것으로 받아들이며 성장합니다. 그 과정에 발생하는 불협화음이 사춘기인데, 누가 이 과정을 막을 것이며, 또 막아서도 안 됩니다. 사춘기를 제대로 잘 겪고서야 누가 뭐래도 흔들림 없는 자아의 형성과 높은 자존감을 가진 어른이 비로소 될 것입니다.

13. 자식에게 줄 수 있는 가장 좋은 선물

아이들은 불안할 때 손톱을 물어뜯는 버릇이 있다. 그녀는 어려서부터 늘 불안했고 손톱을 깎을 필요가 없었다. 매일같이 악몽을 꿔서 밤이 두렵고 항상 꿈속에서 피를 본단다. 누구를 죽이든지 아니면 자신이 죽든지 한다. 그리고 어떤 때는 자고 나면 실제로 자기 손목이 칼로 그어져 피가 흐르기도 한다. 또 감정 기복이 너무 심하여 잘 놀다가도 갑자기 울며, 어떤 때는 종일 울기 직전의 기분이란다. 그리고 화가 나면 조절이 안 되어 상대를 잔인하게 밟고 때리고 돌로 찍기까지 한단다. 그리고 나선 그 순간이 기억이 안 난다. 이런 일이 자주 반복되니 자신이 무섭고 속수무책이란다.

그녀의 자아와 의식이 유체이탈(有體離脫)하듯 분리(Splitting)되어 엉뚱한 현상이 나타나고 있다. 정신의학적으로 진단을 붙인다면, 〈해리성 기억장애〉 〈해리성 정체성 장애〉 등 몇 개가 붙어야 할 것 같다.

왜 이런 일이 일어날까? 여기서도 문제는 무의식이다. 억압 내지 억제시켜 놓은 것들이 말썽을 부리고 있는 것이다.

H 양이 기억하는 어린 시절은 지금도 생각하면 지겹기만 하고 부모의 싸움뿐이었다. 그것도 그냥 싸우는 것이 아니라 병을 깨고 엄마는 손목을 그어 자살 시도를 하고, 자고 나면 벽과 방바닥이 피투성이였다. 그러다 초등학교 6학년 때 부모는 이혼하였고 아버지는 집을 나갔다. 그 후 엄마가 두 남매를 키우며 어려운 살림을 꾸려 나갔는데 미처 아이들을 돌볼 겨를이 없었다. 엄마에게 하고 싶은 말, 투정, 불만들을 털어놓고 싶었지만, 꼭꼭 눌러 참아야 했다. 얘기를 하면 엄마가 죽어버리지나 않을까, 자신들을 버리고 도망가지나 않을까 걱정이 되었다. 엄마는 어쩌다 무슨 말을 해도 들어준 적이 한 번도 없었다. 두 남매는 서로를 의지할 수밖에 없었고, 이 모든 것이 아버지 때문이라는 생각을 하며 오로지 복수를 꿈꾸며 살아왔다. 틈만 나면 엄마와 외가 식구들은 '너를 임신하는 바람에 어쩔 수 없이 엄마가 결혼을 했다.'는 책망까지 했다. 그녀는 어쩔 도리가 없이 막무가내로 그녀 마음 구석구석에 이 고통스러운 기억들을 깊숙이 쑤셔 넣었다.

그러나 오래 전부터 그 용량이 오버가 되었다. 이 상태를 해결하는 손쉬운(?) 방법이 있었다. 고통스러운 기억만 지워 버리는 것이었다. 그래서 그녀는 무슨 일이 생기면 고통스러운 기억은 생각이 안 나고 좋은 일만 기억났다.

그런데 그녀가 삭제한 내용들은 어디로 갔을까? 뇌의 한구석 휴지통 속에 고스란히 남아 있을 뿐이다. 그녀가 어려운 하루하루를 살아내는 동안 그 휴지통도 꽉 차버렸다. 김칫독이 발효되어 넘치듯 현실 바닥에는 퀴퀴한 과거라는 내용물이 넘쳐 냄새가 진동하며 현실과 과거는 뒤죽박죽되어 나타나고 있다.

우리가 생각하고 느끼고 하는 것을 의식이라 한다. 흔히 사람들은 생각하고 느끼는 것만 마음인 줄 안다. 그러나 의식세계는 우리 마음의 10%도 안 될 것이다. 나머지는 모두 자신도 모르는 비의식(非意識 : 의식이 아닌 다른 모든 마음이며 무의식도 여기에 한 부분으로 속함)이다.

그녀의 마음속 비의식 속엔 해결되지 않는 감정을 온갖 잡동사니 기억들이 하루 종일 달그락거린다. 그 잡동사니들은 생생히 살아있다. 어떤 탈을 쓰고 세상 밖으로 나올지 모른다.

차마 감정이 해결하지 못한 과거, 이것이 흔히 말하는 콤플렉스(Complex)다. 나는 매일 진료실에서 그 속수무책의 무의식 덩어리, 과거에 꽁꽁 묶여 고통받고 있는 고장난 현재를 만난다. 생각 같아선 그들의 마음속으로 들어가 당장에 그 문제의 과거를 뜯어 고쳐버렸으면 좋으련만 그럴 수도 없다.

고장난 현재를 고치려면 무의식 속에 무조건 처박아 놓은 억제된 기억들을 다시 끄집어내어 하나하나 정리해 나가는 수밖에 없다. 그녀는 나와 면담을 시작했고 면담을 하고 나면 한결 시원하다 했다. 그러나 그녀와 갈 길은 너무나 멀고 몇 년이 걸릴지도 모른다.

그녀를 보는 나는 무척 안타까웠고 그녀가 너무 불쌍했다. D는 혼자 있으면 아무것도 못 했다. 대학생이 된 남동생하고 같이 있어야만 마음이 비로소 편하고 지금도 한 이불 속에서 잔다. 동생은 마치 오빠같이 그녀를 돌봐주었다. 그러다 동생과 조금만 사이가 멀어져도 불안하고, 그래서 그때마다 무조건 미안하다고 빌곤 했다. 어떤 때는 자신이 동생 덕에 산다는 생각이 들기도 한단다. 언제쯤 그녀는 과거로부터 자유로워질까?

그녀는 모 대학 문창과 진학을 했고, 자신의 내면을 글로 옮겨보고 싶단다. 나는 그것도 치료에 도움이 될 것 같아 적극 찬성했다. 글을 쓴다는 것은 어차피 자기 내면을 표현하고 살피는 작업일 터인데, 그녀는 지금 학교에 잘 다니고 있는지 모르겠다.

처방전

부모가 자식한테 해줄 수 있는 가장 좋은 선물이 무엇이라 생각하나요? 대단한 것이 아니고, 부모 자신들이 잘 사는 모습을 보여주는 것입니다. 관심과 사랑이 가득한 따듯한 가정에서 자란 아이는 남에게 관심과 배려를 배웁니다. 이것이 습관화되어 자아와 초자아가 균형적으로 잘 발달된 사람이 됩니다. 이런 사람은 누가 있건 없건 한결같으며 사리에 맞고 양심적이며 따듯하며 사려가 깊습니다.

14. 31번째 남자

I 씨는 명문 S여상을 나온 인재다. 아주 미인이고 늘씬하며 리크루트를 두드리면 언제라도 취직이 가능한 재주꾼이다. 그녀가 지금 서른 번째 직장을 그만두고 자살 시도로 우리 병원에 입원했다. 그녀가 2층 계단을 오르고 있다. 뒤의 내 인기척을 느끼더니 바로 포즈가 바뀐다. 부축하지 않으면 곧 쓰러질 것 같은 자세로 기어이 내가 부축을 하게 만든다.

"선생님 오늘 면담이지요? 이~따~ 봐요."

다 죽어가는 목소리로 사람을 교묘히 조정하는 데는 참 타고난 소질을 가지고 있다.

그녀는 한 번 직장에 들어가면 한 달을 채우지 못한다. 일단 어떤 회사고 그만두고 나와서는 두문불출 집 안에 칩거를 한다. 처음 며칠은 그런대로 시간이 잘 가는데 어느 정도 시간이 지나면 외로워지고 혼자라는 생각에 사로잡히며, 모든 사람들로부터 자신이 버림받은 것 같다는 느낌까지 든다. 그러면 그녀는 다시 직장을 찾아 나선다.

첫 출근하는 날부터 마음에 드는 남자를 찾고, 그 처음 만나는 남자에게 육체관계까지 허락하며 그 남자를 자신의 것으로 만든다. 그 남자가 그녀 없으면 못 살 것같이 완전 포로가 되었을 때, 그녀는 혹시 이 남자가 떠나면 어쩌나 하는 생각에 불현듯 불안해진다. 그 불안이 점점 심해지면 다니는 회사는 다시 시들해지고, 자기가 먼저 그 남자를 차버리고 회사를 그만둔다. 그리고 다시 칩거를 한다. 이런 과정이 무려 서른 번, 서른 번의 직장을 그만두었고, 30명의 남자가 그녀에게 차였다.

이 환자에게 문제가 되는 것은 분리불안(Seperation anxiety)이며 경계선 인격장애 환자다. 그들에겐 적절한 거리란 존재하지 않는다. 보통 우리는 조금 친한 사람은 조금 가까이, 별로 친하지 않으면 멀찌감치, 아주 친한 사람은 아주 가까이, 거리를 유지하고 또 그래야 한다. 그러나 이 단계는 쉽게 도달하는 것이 아니다. 분리불안을 잘 극복한 사람만이 그런 인간관계가 가능하고, 아직 분리불안이 심한 사람은 오로지 '내 편'과 '내 편 아닌 거', 즉 '친밀한 사람'과 '친밀하지 않은 사람'만 존재하고, 끝없이 그 사이를 왔다갔다 한다.

일반적으로 분리불안이 심한 경우는 유아기에 엄마의 부재 기간이 있다. 이 환자도 마찬가지고, 현재의 부모가 친부모인지 아닌지조차 자신도 모른다. 어쨌든 그녀는 성장과정에서 기본적인 믿음이 형성되지 않아 분리불안이 극복되지 못했고, 그녀의 마음속에는 엄마를 잃고 울고 있는 어린아이가 살고 있었다. 그 어린아이 눈에는 세상이 항상 불안했다. 혼자 있으면 외롭고 불안해진다. 그래서 처음 만나는 남자에게 자신의 몸까지 주어서라도 가까이 끌어당긴다. 그러나 그 사람과 너무 친밀해지면 다시 전전긍긍한다. 이 사람이 떠나면 어쩌지? 그녀는 결심한다. 그런 고통을 다시 맛보기 전에 먼저 그를 떠나자고… 이것을 끝없이 반복하고 있다.

지금 24살이지만 그녀를 끌고 가는 것은 상처받고 잔뜩 겁먹고 있는 어린 여자아이다. 그 아이는 다섯 살도 못 된다. 한두 살에 고착(Fixation)되어 더 이상 자라지 못하고 있다.

사사건건 그 아이는 세상을 간섭하는 고집불통이다. 상처받고 눈물이 가득한 어린 눈으로 세상을 판단한다. 이 아이를 성장시켜야 하고, 그 치료방법은 면담 방법밖에 없다.

그러나 이런 환자들은 치료자를 끝없이 시험하며 힘들게 한다. 아울러 치료가 임의로 중단되는 것이 부지기수다. 나는 그녀와 면담치료를 시작하였고 20여 회 잘 진행되었다. 이제 좀 잘 되려나 보다 싶었는데 면담에 오지 않는다. 전화해도 소식마저 두절되었다.

아마도 치료가 밀착되어지며 나에 대한 분리불안이 심해졌나 보다. 그러고 보면 나는 그녀의 31번째 남자인 셈이다. 나는 다른 치료자로 연결되는 하나의 징검다리 역할을 했다고 만족할 수밖에 없었다.

처방전

어떤 때는 아주 당혹스럽게도 자신도 모르는 현란한 감정들에 불쑥 맞닥뜨리게 되는데, 이는 아직 뚜렷하게 의식화되지 않은 생각과 기억이 끌고 온 '현재라는 탈을 쓴 과거' 때문입니다.

3

상처받기 쉬운 가족이라는 울타리

15. 착한 여자 증후군

30대 초반의 J, 그녀가 감당 못할 눈물을 터트렸다. 나중엔 소리 내어 울기까지 했다. 이럴 때 내가 할 수 있는 유일한 일은 휴지를 빼서 건네주고, 그 울음이 다 그칠 때까지 기다리는 것이다. 그렇게 한참을 울고 나서 하소연하듯 말했다.

"결혼해서 얼마 안 있어 다짜고짜 큰 시누이가 열여덟 살 된 고등학생 조카를 집에 데리고 왔어요. 저와 한 마디 얘기도 없이 남편이랑만 상의한 시누이도 밉고, 누구보다 남편이 미웠지만, 항상 참고 견디며 나름대로 잘 해주려 노력하며 몇 년을 같이 살았어요. 남의 식구, 그것도 다 큰 조카와 신혼 부부가 같이 한집에서 살자니 불편했고, 가끔 싫은 소리도 하고 다투기도 하는데 그때마다 시누이가 뒷말을 해서 너무 힘들었어요. 그 조카가 대학 입학하여 서울로 가고 나니, 얼마 전에 또 막내 시누이가 사생아인 네 살 된 여자애를 집에 데리고 온 거예요. 아이는 종일 TV를 보고 말도 안 듣고 속을 썩였어요."

그녀가 겪은 억울한 얘기들은 끝이 없었다. 시댁 식구들은 자신을 무시하고 사람들 앞에서 화를 내기도 해서 너무나 힘들다고 했다.

"다들 왜 그런지 모르겠어요. 남편은 이런저런 문제에 대해서 늘 자기 주장만 해요. 앞으로 어떻게 살아야 할지 모르겠어요. 사실 사람들을 대하는 게 너무 힘들어요."

그러면서 그녀는 "싫으면 싫다고 해야 하는데 그것을 못하는 자신이 밉다"라고 했다.

흔히 말하는 '착한 여자 증후군'이다. 다른 사람들에게 착하다는 반응을 듣기 위해, 자신의 욕구나 소망을 억제하는 행동이나 말을 지속적으로 해야만 하는 사람이다.

인간의 행복은 결국 자신의 욕구나 소망이 충족될 때 느껴진다. 그러다 보니 예의 환자처럼 거절을 못해 하기 싫은 일을 다 떠안게 되고, 마음속에 피해 의식과 분노감, 우울감이 자리잡게 된다. 당연히 불행한 나날이 지속될 수밖에 없는데도 항상 그 패턴을 벗어나지 못한다.

인간은 참 잔인한 구석이 있다. 이런 사람들 옆에는 자신의 입장만 생각하는 사람들이 있다. 그렇게 남을 힘들게 하면서도, 속으론 바보 취급을 하고, 또 어쩌다가 자기 요구를 거절하면 나쁜 사람으로 몰고 가며 욕을 하기도 한다. 환자 J도 마찬가지다. 좋은 일은 다 해주고 억울한 소리는 다 듣고 있다.

면담 중 이야기를 듣는 나도 화가 날 정도다. 그런데도 왜 그녀는 그렇게 거절을 못하고 모든 것을 받아들일까? 그것은 심리적으로 남에게 나쁘게 보이는 것이 두렵고, 착하게만 보여야 하기 때문이다. 그렇지 않으면 스스로 불안해진다.

그러면 왜 그렇게 하지 않으면 스스로 불안해지나? 어려서 생긴 콤플렉스로, 자신이 버려져 보호받지 못해 생존할 가능성 없다는 유기(遺棄)의 공포가 무의식적으로 엄습해오기 때문이다.

이를 정신분석에서는 분리불안이라 하는데, J 그녀의 내면에도 깊숙이 도사리고 있었다. 어릴 적 그녀의 부모님은 허구한 날 싸웠다. 그리고 자식들에게 늘 화를 냈다. 그런 부모와 집이 너무 싫었지만 어쩔 수 없이 삼남매 맏이인 자기가 우는 동생들을 돌봐야만 했다고 한다.

이런 상황에 아이들이 처하면 어떨까? 아마 두 가지 방향이 있을 것이다. 나쁜 아이들과 어울리며 불량아가 되는 것이고, 또 하나는 부모의 사랑과 관심을 지키려고 어떻게든지 잘 보이려 할 것이다.

그녀는 후자의 길을 택했고, 그녀의 부모가 요구하는 착한(?) 아이가 어떻게든지 되려 했다. 그리고 '내가 반듯해야 동생들도 따라오니 이치에 맞지 않는 일을 하지 말아서 항상 모범이 되어야 한다.' 라고 생각했다.

착하고 모범스럽다는 건 무엇인가? 학교와 사회, 부모나 선생님이 요구하는 타자의 가치관을 무조건 따르는 것이다. 그러다 보니 그녀의 내면엔 '그녀 자신'이 없다. 그것이 습관이 되고 성격으로 굳어져, 싫으면 싫다고 해야 하는데 그것을 못하는 자신이 되었다.

그녀는 이제 이런 삶을 벗어나고 싶어 한다. '나도 그런 자신이 밉다, 제발 우리를 가만 놔두었으면 좋겠'단다. 이런 그녀를 가족 중 도와줄 사람이 있으면 좋을 텐데 그렇지도 못하다. "남편도 미워 죽겠어요. 이제는 세상이 무섭고 사는 게 막막해요. 그냥 우리만 살게 놔두면 되는데…"

그래도 나는 남편과 면담을 요청해 봤다. 환자의 심리상태를 이해하고 주위의 부당한 요구를 막아주며, 그녀가 하지 못하는 말을 대신해 주었으면 좋겠다는 생각에서였다. 그러나 남편은 오지 않았고, 그럴만한 위인이 못 되었다.

방법은 정면 돌파밖에 없었다. 그녀의 내면에 어른이 되어서도 아직 떨쳐버리지 못하고 있는 <분리불안>과 이차적으로 생긴 <모범생 콤플렉스>에서 벗어나게 해야 한다.

그러나 이 과정은 결코, 쉽지 않았다. J 그녀의 내면에 깊숙이 자리잡고 있는 무의식은 너무나도 견고했고, 아주 많은 시간과 휴지가 필요할 것 같다.

처방전

우리 사회는 무조건 공부 열심히 하고, 예의 바르고, 착해야 하고, 친구 형제간에 우애가 있어야 한다고 합니다. 그것을 아주 잘 따라서 자란 사람들이 소위 모범생입니다. 이런 사람만이 훗날에도 사회생활을 잘하고 더 행복할까요? 한 마디로 No입니다. 덕지덕지 쓰고 있는 남의 자아(페르소나)를 벗어내려 혹독한 사춘기를 겪어야 하고, 미처 다 벗어던지지 못한 상태라면, 칭찬만 받다가 그렇지 못할 때 쉽게 열등감에 빠져 남의 시선에 전전긍긍하는 자존감 없는 삶을 살아가는 사람도 많습니다.

16. 형제는 왜 싸우는가?

병원 원장인 형의 도움으로 작은 슈퍼마켓을 인수하여 운영하는 고졸의 K 씨. 항상 과음과 불안과 불면이 문제였는데, 밤이면 잠이 안 와서 혼자 가게를 보면서 슈퍼 진열대 위의 술들을 꺼내 마시곤 했다. 치료에도 불구하고 불안과 불면증은 좀처럼 좋아지지 않았다.

그는 자신의 형은 의대를 나와 의사인데, 자기는 고졸에 요 모양 요 꼴이라며 은근히 형을 자랑하며 동시에 심한 상대적 열등감을 보였다. 그는 병원에 가끔 방문했고, 그것도 와이프 손에 끌려오다시피 했다. 그러던 차에 형은 병원을 접고 서울로 보건소장직을 맡아서 갔다. 그런데 하루는 K 씨가 면담 중에 서울로 간 형이 폐인이 되어 매일 술에 취해 산다며 올라가 봐야겠다고 했다.

그 후 나는 한동안 그를 잊고 있었다. 그런데 어느 날 불쑥 자신감에 찬 모습으로 그가 나타났다. 요새는 불안하지 않고 잠도 잘 자며 술도 끊었다면서, 더 이상 약물치료는 필요 없다고 했다. 지난 면담 후에 형의 집을 방문했는데, 만취되어 주정까지 하는 형을 보며 집안 꼴이 말이 아니구나 싶었고, '나라도 잘 살아야지!' 하는 생각이 들었다고 한다.

그 후부터 그는 아주 드라마틱하게 확 달라졌다. 술도 끊고, 그 심하던 불안도 없어졌으며, 밤새 씨름하던 불면증도 좋아졌다.

폐인이 되다시피 한 형을 보고 증상이 좋아지다니, 이 얼마나 아이러니한가? 갑작스러운 그의 변화에 나도 깜짝 놀랐다. 이것이 형제간 경쟁, 소위 의학용어로 시블링 라이블리(sibling rivalry)의 전형적인 예다.

환자는 어려서부터 공부 잘하는 형에게 늘 비교 대상이 되며 자랐다. 그는 늘 열등감을 느꼈고 자존감은 낮아질 때로 낮아졌다. 무슨 일만 있으면 이 열등감과 낮은 자존감이 발동하여 '내가 할 수 있을까?' 불안해했다. 그러다 보니, 자연히 모든 것에 적응을 못하고 그저 술이나 먹는 퇴행적 행동이 거듭되며 패배한 삶을 산 것이다. 그의 무의식 깊숙이에는 열등감과 낮아진 자존심, 그리고 그와 함께 늘 우울·좌절감·적개심·경쟁심·불안 등이 쌓여 있었다.

그런데 그 '잘난 형'이 무너진 것이다. 내재되어 있던 경쟁 심리는 더 이상 열등감을 느낄 필요가 없게 되었다. 그의 무의식은 쾌재를 불렀고, 형의 망가진 모습에 환자는 자신감을 얻어 퇴행적이었던 시간들을 벗어났다.

형제간의 라이벌 의식이 생기는 것은 부모의 편파적 사랑 때문인 경우가 많다. 부모의 사랑을 갈구하는 경쟁이 이렇게 시블링 라이블리(sibling rivalry)란 병증으로 발전한다.

이들의 부모는 어땠을까? 안 보아도 뻔하다. "형(동생)은 어떤데 너는 어떻다. 형(동생)만큼만 해라." 이런 식이었을 것이다. 이런 훈육 방식은 둘을 영원한 경쟁 관계로 유지시켜, 하나는 우월 속에 띄우고 하나는 열등의 나락으로 떨어뜨리는 행위다.

우리나라는 표면적으로 우애가 돈독한 것 같아도 열등감을 동반하는 형제간 경쟁심이 유난히 많은 나라가 아닌가 싶다. 이렇게 해결되지 않는 경쟁심, 열등감은 언제 터질지 모르는 시한폭탄이다. 그래서 사소한 일을 가지고도 형제간 싸움은 극단적이 된다.

내가 공보의 시절인 1985년 홍성의료원의 응급실에 몇 달간 근무한 적이 있다. 응급실 당직을 서는데, 휴일과 추석에 음독자살 환자가 계속 실려와 눈코 뜰 사이가 없었다. 특히 추석날은 하루 동안 7명이나 되었다. 거의가 형제들이 오랜만에 만났건만, 산은 누구에게 주고 어디 밭은 누구에게 주고, 이런 얘기 끝에 나온 재산 분배를 매개로 한 다툼 때문이었다.

필자가 생각해 보면, '나는 왜 안 주느냐? 나는 왜 이렇게 적게 주냐?'는 다툼은 유산 그 자체가 문제가 아니라 '분배의 양 = 부모의 사랑 척도'로 생각하였기 때문이다. 그동안 같이 자라고 살아오면서 마음속에 내재되어 있던 형제들 간 억울함과 라이벌 의식이 폭발하는 것이다.

우리나라는 참 많이도 형제간 우애를 유난히 강조한다. 지금까지 이렇게 강조되는 형제간 우애는 연장자 우선의 위계질서 때문에, 아랫사람이 무조건 따르고 부당한 것도 참는 식으로 그럭저럭 유지되어 왔다.

그러나 장자 우선 제도가 없어지며, 이 질서도 깨어졌다. 그 비근한 예들이 상속을 둘러싼 형제간 다툼이다. 옛날에는 재산이 많은 집에서 일어났지만, 요새는 그렇지도 않다. 옥신각신하다 남보다 못하게 되는 사례들도 적지 않다.

형제들 간의 우애가 계속 친밀하게 유지되기 위해서는 무엇보다 중요한 것은, 성장과정에서 자식들에 대한 부모의 편애 없는 적절한 사랑의 태도다. 그리고 형제들 간에도 노력하여 서로를 이해하고 배려하는 자세가 있어야 한다. 환자 K는 성적 우선 위주의 부모, 아니 우리 사회가 만들어 낸 피해자다. 지금도 보이지 않는 K들이 많을 것이다.

처방전

자식을 키울 때 무엇보다 가장 중요한 것은 아이에게 일정한 잣대를 갖는 것입니다. 이럴 때는 칭찬, 이럴 때는 야단, 일관성 있게 행동해야 합니다. 아이에게는 자신의 행동에 대한 부모의 반응이 예측 가능해야 합니다. 그렇지 않고 부모 자신의 기분에 따라 행동한다면 아이는 혼란에 빠지고 잘 자랄 수가 없게 됩니다. 그런데 이 일정한 잣대는 누구나 가질 수 있는 것이 아닙니다. 부모 자신이 성숙해야만 가능합니다.

17. 형제는 사랑하지 않는다

나는 시인이지만 문단 말석에 앉아 있어 그리 많은 문인들을 알지 못한다. 어쩌다 모임에 나가면 내 소개에 정신과 의사라는 꼬리표가 달린다. 상대는 내가 시를 쓴다는 사람이라기보다는, 정신과 의사라는 것에 더 호의적인 반응을 보인다.

한 번은 어느 공식 자리에서 옆에 있던 여성시인이 "오늘 상담 좀 해야겠다."며 가까이 다가앉았다. 여러 사람 앞인데 그녀는 아랑곳없이 자신의 얘기를 흥분해서 토로하기 시작하였다. 나는 좀 의아하고 당황스러웠다.

P : 실은 오늘 내가 형제들 때문에 무지무지 화가 나 있거든요. 오늘도 한

바탕했어요. 이제는 모두 의절하고 아주 다시는 안 만나려고 해요.

T : ?

P : 내가 여러모로 도와 왔건만, 자기들 필요할 때만 아는 체를 해요. 이제는 안 만나고 싶어요.

"불편하면 만나지 말아야지 뭐." 옆에 가만히 듣고 있던 원로시인이 거들었다.

P : 이번에 조카가 결혼을 했어요. 조카는 말이 잘 통한다며 나를 많이 따랐어요. 그런데 하루는 언니가 "네가 내 아들을 자주 만나는 것이 싫다."고 하더라고요. 그래서 조카에게 "너희 엄마가 내가 너를 자주 만나는 것을 좋아하지 않더라!" 했더니, 자기 엄마에게 가서 왜 이모도 못 만나게 하느냐며 항의를 했나 봐요. 집안에서 난리가 났고, 그 후 얘기도 않으려 해요.

T : 그래서 오늘 화가 나셨군요?

나의 이 거들기 한 마디는 그녀의 내면에 억제되었던 빗장을 풀기에 충분했다. 계속 격분하여 그간의 섭섭한 일들을 토로했다.

P : 내가 자기들한테 얼마나 잘해주고 신경 썼는데. 언니도 그렇지만 여동생도 마찬가지예요. 항상 받을 줄만 알지, 어려서부터 자기들이 나에게 신경 써주는 것은 하나도 없었어요. 집안 행사도 내가 나서고 내가 준비를 했어요. 이제는 지쳤어요. 이제 언니고 동생이고 다 싫어

요. 다시는 안 만날래요. 이제 다 의절하고 싶어요.

성장 배경이 궁금했지만, 그 자리에서 물어볼 수는 없고 계속되는 얘기만 듣고 있었다. 나중에 안 일이지만 지방 소읍에서 태어나 어렵게 자랐다. 부모는 항상 일에 바빴고, 일곱 남매를 일일이 신경 쓸 수가 없었다. 옛날엔 다 그랬듯 그냥 자기들끼리 컸던 것이다. 그러면서도 오빠 둘은 아들이라 위했고, 언니는 맏딸이라 관심을 받았으며, 또 여동생은 막내라서 귀여움을 받았다. 그 외의 여자 형제들은 이도 저도 아닌 샌드위치 신세로 전혀 관심을 못 받고 컸다.

T : 항상 집안에서 희생적이고, 한 마디로 밑지는 장사만 해오셨네요.

P : 맞아요. 항상 저는 그랬어요. 먼저 내가 신경 써서 베풀어야 하고, 화나는 일도 참아야 했어요.

T : 왜 그래야 했지요?

P : ……

T : 제 생각엔 그것이 여러 형제 사이에서 선택한 생존 방식이었던 것 같습니다. 그래야만 형제들과 부모님의 관심과 사랑을 받을 수 있었던 것 아니었을까요?

그녀는 '맞아요!'라며 즉각 동감을 했다. 그녀는 가족 내의 소외 상태를 이런 방식으로 벗어나려 했던 것이다. 그래서 늘 부당한 일이 있어도 참아야 했고, 다른 형제들에게 관심을 끌기 위해 항상 희생을 감수하며 잘해줄 수밖에 없었다. 그런데 상대는 고마움을 모르고 베푸는 것은 으레 당연한 것으로 받아들였다. 이제는 자기들보다 잘 사는 것이 영 탐탁지 않았고, 자기 아들이 자신보다 동생을 더 따르니 질투심이 일어서 이모를 못 만나게 했던 것이다.

나는 이때 안나 프로이트 말이 떠올랐다. 프로이트의 친딸이자 영국의 유명한 정신분석가『안나 프로이트의 하버드 강좌』(이무석·유장수 역, 하나 출판사)에서 형제애(兄弟愛)에 대한 몇 가지 언급은 아주 흥미롭다. 한 번 그녀의 말을 되새겨보는 것은, 작금의 우리나라 형제들의 관계를 이해하는 데 많은 도움이 될 것 같다.

"사실, 형제는 서로 사랑하지 않는다. 처음에는 라이벌이지만, 나중에 동지가 된다. 형제간 사랑하도록 배우는 것은 다 자란 후(부모와 대상관계를 만족하게 가진 이후 어떤 희생도 감수할 수 있을 정도로 자아가 발달한 다음)의 일이고, 매우 신기한 이유로 생긴다. 그 신기한 이유는 같은 부모를 가지고 있다는 점 때문이다. 즉, 엄마의 옷처럼 엄마가 아끼는 것의 일종이기 때문에 자기도 사랑한다."

이 말들은 우리가 일반적으로 생각하는 통념과 거리가 있고, 거부감까지 느낄지도 모르겠다. 어쨌든 중요한 것은 중심에 부모가 있고, 그 사랑을 가지고 벌어지는 경쟁이다. 그것은 아주 복잡하고 성장 초기에 대부분 형성되는 것이라 복잡하고 원초적이라 할 수 있을 것이다.

그 여성시인은 그 후 나에게 고맙다는 엽서를 병원으로 보내왔다.

"김 시인, 고맙습니다. 나의 살아온 삶을 돌아볼 수 있었어요. 나는 어려서부터 소외되어 사랑을 못 받았던 것 같아요. 내가 무얼 해주어야만 언니 동생이 놀아주었고, 부모님도 좋아했어요. 이제는 그렇게 안 살래요. 요새는 내가 형제들을 멀리했더니 형제들이 나에게 연락하네요. 늘 내가 전화하고 늘 내가 베풀고 하던 것이 당연하게 생각되다가 내가 안 그러니 그쪽도 당황스럽게 생각되나 봐요."

어쨌든 그녀는 짧은 시간 나와의 정신분석적 대화를 고마워했다. 그 후 형제들을 대하는 행동이 많이 바뀌었다 한다. 옛날 같으면 동생이 금전적으로 아쉬운 소리를 하면 다만 얼마라도 바로 송금해주고 했는데 이제 그렇게 하지 않고, 매번 먼저 자신이 형제들에게 전화를 하곤 했는데 요새는 그렇지 않는단다. 막상 이렇게 옛날과 달리 행동을 하니 형제들이 당황하는 것 같단다. 자기들이 선뜻 먼저 다가서지는 못하고 자신의 주위를 맴도는 것 같단다. 그러나 그녀도 마음이 편치 않다.

지금까지 그렇게 살아오지 않았는데 별안간 그렇게 하려니 통쾌하기는 한데 왠지 불안해지고 언니와 동생이 안돼 보인다 한다. 이것은 자신이 그간 습관적으로 해온 행동의 어색함과 낯섦이고, 혹 이러다 정말 형제들과 영영 멀어지면 어쩌나 하는 불안감 때문이다.

형제간 항상 우애 있게 지내는 데는 부모의 역할이 중요하다. 아들이라고 위하고, 맏딸이라고 더 사랑하고, 막내라고 모든 응석 다 받아준다. 이는 형제들 간 라이벌 의식을 조장해서 언젠가 터져버릴 잠재성을 만든다.

처방전

모든 사람은 좋은 것은 하고 싶고, 나쁜 것은 피하고 싶어 합니다. 이것이 쾌락의 원칙인데, 어떤 때는 좀 참으면 더 좋은 순간을 맞을 수가 있습니다. 당장은 싫더라도 나중에 더 큰 쾌락을 위해 자신의 행동을 유예하는 것이 이성의 원칙입니다. 쾌락의 원칙은 즉각적이고 비의식적인 경우가 많습니다. 반면에 이성의 원칙은 즉각적이지 않고 대개 의식적입니다. 헤르만 헤세의 『지와 사랑』의 두 주인공, 골드문트는 철저히 쾌락의 원칙을 좇고, 나르치스는 철저히 이성의 원칙을 따르는 성직자입니다. 당신은 골드문트이신가요? 나르치스이신가요?

18. 센티멘털 박

우리 시어머니는 왜 그런지 모르겠어요. 맨날 '동기간에 사이 좋아야 한다.' 하면서 손아래 동서들한테는 제 욕을 그렇게 한다고 해요. 동서들은 또 그 얘기를 나한테 그대로 전해줘요. 그렇다고 '왜 내 욕을 하느냐?' 고 시어머니에게 따질 수도 없어요. 만일 그러면 말을 전한 동서들 입장이 난처해지잖아요. 아직까지는 동서들이 내 말을 잘 따르지만, 시어머니가 계속 그렇게 내 욕을 해대면 결국 날 우습게 생각하게 될 거고, 동기간의가 상하는 것은 한순간일 거 같아요. 도대체 왜 그러는지……. 요번에 시부모님이 집을 팔았어요. 같이 합쳐야 될지도 모르겠어요. 정말 그러기 싫은데 맏이니 빈말이라도 합치자 해야 하는데……, 정말 싫어요. 원래 집이 두 채였는데 한 채는 팔아서 둘째 시동생의 빚을 갚아 주었어요.

이번에 판 집은 가게 딸린 집인데 저번에 판 그 집만 있었다면 이렇게 복잡하지 않았을 텐데……. 둘째 시동생이 중장비 사업을 하는데 시부모님은 돈만 있으면 퍼다 주어요. 고비마다 빚 다 갚아주고, 우리 돈은 가져가면 줄 생각을 안 해요. 시부모님은 여러 은행에 예금도 있고, 임대해 준 땅도 있고 과수원도 있고, 부자라고 해요. 나는 자세히는 모르지만. 그런데 철도청이 공사화되면서 받은 남편 퇴직금도 둘째 시동생이 몽땅 갖다가 쓰고 안 줘서 얼마 전에 달라고 했더니, 아들은 가만히 있는데 며느리가 그런다며 집안을 발칵 뒤집어 놓았어요. 못 배워 그렇다며 친정 부모님 욕을 하는 거예요. 그리고 시어머니는 별별 욕을 다해요. 처음 들어본 욕도 많아요. 시부모님은 지금도 몸싸움을 해요. 아버님에게 맞고 쫓기어 어머니가 우리 집으로 오고. 남편이 철도청에 다니는데 쉽게 돈을 번다고 생각하나 봐요. 셋째 시동생도 시흥에 9,000만 원짜리 전세 사는데 영주에선 아파트 한 채 값이에요. 그런데 글쎄 우리보고 집을 사는 데 보태래요. 다른 자식들은 다 퍼주면서 우리 돈은 맨날 가져가고 우리만 자꾸 축이 나요. 내가 불만을 하면 남편은 제 부모 편만 들어서 맨날 둘이 싸워요. 자기도 싫으면서 제 부모니까 말은 못하고…….

젊어서는 싸돌아다니다가 이제 머리 빠지고 알아주지 않으니 집으로 기어들어와 컴퓨터나 하고, 꼴 보기 싫어 죽겠어요. 옆에 오는 것도 싫어요. 더럽게 느껴져요. 지가 그런 여자만 보았는지 내가 어디 문화강좌라도 들으려면 질색이에요. 여자들끼리 모이는 데를 아예 못 가게 해요. 동서들하고 소주 한 잔 먹다 늦어도, 슈퍼 아저씨하고 얘기해도, 아버지뻘

되는 이웃 어른에게 인사를 해도 뭐라 해요. 텔레비전에서 야한 옷 입은 여자를 보면 저런 여자들은 결혼하지 말아야 한다고 하고. 자기 아비가 그러니 우리 큰아들도 똑같이 그래요. 텔레비전에 에어로빅하는 게 나와 나도 하고 싶다고 했더니 저렇게 착 달라붙는 옷 입으려면 하지 말래요. 내 핸드폰 문자 메시지도 지가 먼저 보고 줘요. 자기 아버지가 시켰는지도 몰라요. 남편하고는 사사건건 싸우는데, 젊어서는 애들 때문에 못 헤어지고 지금은 아들이 군대 가 있어 이혼하면 탈영할까 봐 못하겠고.

그녀가 흔히 사용하는 방어기제는 억압(Repression)이다. 이는 단지 마음속에 억눌러 놓는 것이지 근본적인 해결이 아니다. 그것은 수시로 기억 속으로 올라와 괴롭힌다. 우울하고 불안하며 머리가 아프고 가슴이 두근거리고 답답하다. 그녀에게 우리 병원은 억압된 것을 이야기라도 할 수 있는 유일한 통로이고, 의사인 나는 억압된 그녀의 공격성을 합법적으로 풀 수 있는 유일한 대상이다. 어느 날은 퉁명스럽게 '약이나 주세요.' 하고 약만 처방받아 가기도 하고, 어떤 날은 그간의 삶의 이야기보따리를 한풀이하듯 한바탕 풀어놓았다. 그러는 그녀가 참 안되어 보였고, 그녀가 오늘은 어떤 태도를 보일까 궁금하기도 했다. 표정이 특이해서 내가 지은 별명이 '센티멘털 박'이다.

그녀는 왜 이렇게 살아갈까? 그 많은 불만을 가지고 어떻게 살아갈까 싶다. 그녀는 자신의 삶이 없고, 한 가정의 며느리로, 한 남자의 아내로,

아이들의 엄마로, 그냥 역할만 있을 뿐이다. 가족들의 서로 엇갈리는 욕망 속에서 지친 그녀. 그래도 그 길을 투덜대며 꾸역꾸역 살아가야 하는 시간들! 우리나라 여자들, 특히 우리 어머니들이 이렇게 살아왔다. 맨날 얻어맞거나 술주정에 쫓겨나는 여자들, 남편의 계속되는 외도에도 한 마디 말도 못하고 그저 참아야 했던 여자들… 맨날 며느리 역할만 하다 지금은 자신이 어른이 되었지만, 시어머니 대접도 못 받는 불쌍한 세대다. 요즘은 그래도 옛날에 비해 덜하지만, 아직도 여자들이 남자보다 더 핍박받고 인내하면서 살아내야 하는 경우가 많은 것 같다. 그러다 보니 정신건강의학과는 산부인과 다음으로 여자 환자 비율이 높다.

남존여비 사상의 잔재가 아직 많다. 그러나 그 양상은 이제 달라지고 있다. 그녀들은 더 이상 참기를 거부하기 시작했다. 자신을 주장하기 시작했고, 당하고만 있지 않겠다고 반격을 시작했다. 그 행동화가 근래 급격히 늘어나고 있는 황혼이혼이다. 자식들 결혼은 다 시켰으니 이제 거리낄 것 없다며 속수무책으로 참기만 하던 그녀들의 궐기이자 홀로서기가 시작되었다. 그녀들도 자신의 욕망에 만족할 권리가 있다. 아니 벌써 그 권리를 찾아 나섰다.

한 할아버지의 당황스러운 얼굴이 떠오른다. “아니 이럴 수가 있어? 할미가 이혼하는 것이 소원이라고 해서 까짓것 도장 찍어주었더니 글쎄 집에 안 들어오네. 안동 난전에 나물 같은 것을 뜯어다 팔며 집에는 들어오질 않아. 이제는 나하고 살기 싫다며 아무리 들어가자 해도 말을 안 듣네." 할아버지는 답답하다며 가슴을 쳤고, 화가 나 죽겠다는 표정이었다. 이미 서류상으로 이혼이 되었건만 할아버지는 그것을 인정하지 않았다. 그냥 도장 하나 찍었을 뿐이라고 생각했던 것이다.

이제 이렇게 할머니들까지 일어서고 있다. 대한민국 남자들은 이제 그 동안 지은 업보를 어떻게 받아낼 것인가? 센티멘털 박, 어쩌면 그녀는 얼마 안 있어 우리나라에서 더 이상 찾아볼 수 없는 천연기념물이 될지도 모른다.

처방전

우리나라에는 다른 나라에는 존재하지 않는 '화병(Hwa-Byung)'이란 독특한 병명이 있습니다. 체면이나 남을 너무 의식하여 참기 때문에 생기는 독특한 병입니다. 우리 사회는 얼마나 많은 것을 의식적, 무의식적으로 참게 해 왔을까요? 차곡차곡 마음속에 쌓여서 비명 하나 지르지 못한 말들이 몸 언어로 들고 일어나 소리소리 지르고 있습니다.

19. 혼자 밥 먹는 남자

오늘은 통 택시를 타는 손님이 없다. 승강장에 죽 늘어서 어쩌다 타는 손님을 기다리는 일은 지루하다. 명예퇴직을 하고 개인택시를 시작했지만, 인생 막판이 겨우 이 모양이다. 배가 출출하다. 어렵사리 기본요금 손님을 태워다 주고 때가 지나 집 문을 연다. 빈집이다. 밥솥을 연다. 밥이 없다. 냉장고를 여니 굳어진 찬밥이 한 덩어리 들어있다. 밥알이 딴딴하다. 김치를 꺼내고 물을 만다. 아내는 어디 갔는지 보이지 않는다. 식사 때만이라도 집에 있어 주면 좋으련만. 매번 사 먹기는 버겁고 하루 종일 시내를 빙빙 돌다 집에 들어오면 번번이 아내는 집에 없다. 괜히 눈물이 주르륵 흐른다. 이래도 살아야 하나! 물에 만 찬밥을 드는 둥 마는 둥 일어서는데 아내가 들어온다. 은근히 화가 난다. "때 되어 들어오는 남편 밥

차려서 같이 먹으면 안 되나!" 이내 말한 게 잘못인 줄 알고 후회한다. 아내는 바락바락 말을 받으며 소리를 더 지른다. TV를 사납게 이리저리 돌린다. 그래도 화가 안 풀리는지 리모컨을 내게 던진다.

"원장님, 이 손목 좀 보소. 그 리모컨에 맞은 겁니다."

시퍼렇게 멍이 들어 있다. 허둥대며 진료실을 나서는 그는 명퇴하고 개인택시 하나를 인수해 생의 말년을 보내는 중이다.

요새는 자식들이 나가거나 출가하면 대개 부부만 남는다. 그런데 자식들이 없으면 통 할 얘기가 없다. 농담으로, 경상도 남자들이 하는 말이 딱 세 마디란다. "밥 먹자!", " 불끄자!", "자자!"

이런 상황이 안 되려면 평소 대화도 많이 하고 정답게 친구같이 살아야 한다. 그러나 아직 보통 남자들은 자신의 내면을 드러내지 못하고 무뚝뚝하다. 그러다 보니 서로의 먹먹한 관계가 습관화되어 말년이 서로 겉돌며, 어쩌다 같이 한 자리는 서먹하기만 하다. 젊어서는 고생고생 자식들 뒷바라지하며 허둥대다가 막상 이렇게 둘이 남아 마주하게 되는 막막함이라니. 인생사가 바빠도 걱정, 안 바빠도 걱정이다. 뭔가 잘못 돌아가고 있다는 생각이 든다. 어쨌든 지금은 모두 과도기(過渡期)다. 남편도 아내도 아버지도 어머니도 모든 이름들이 적응 못 하고 너무나 허둥대는 과도기다.

한때 김정현의 「아버지」라는 소설이 대단한 인기를 얻은 적 있다. 아버지 '한정수'는 친구 남 박사의 병원에 들렀다가 췌장암으로 5개월 시한부

인생을 선고받는다. 지방대 출신으로 뒤늦게 고시에 합격해 인간 승리의 주인공으로 신문에 소개되기까지 했던 그였지만 연줄이 없고 고지식해서 평생 한직을 전전한다. 넉넉한 집안 출신으로 교양 있고 세련된 부인 영신과는 멀지도 가깝지도 않은 평행선이 계속되고 딸 지원은 일에만 파묻혀 가정을 잘 돌보지 않는 아버지에 대한 원망을 쌓아간다. 자신의 병을 가족에게 알리지 않고 혼자 죽음을 준비하려는 정수는 괴로움을 참기 위해 점점 술에 빠져들고, 사정을 모르는 가족들과 더욱 두꺼운 벽을 쌓게 된다. 어딘가 몸을 눕히고 싶지만 아무 데도 자신을 반겨줄 곳 없는 고독 속에서 정수는 일식 요정 여종업원 소령을 만나 잠시 위안을 얻기도 하지만, 췌장암 말기의 고통과 싸우며 남모르게 아내와 자식의 앞날을 준비한다. 늦게서야 이 사실이 가족에게 알려지고 가족들은 눈물을 흘리며 화해하고 정수는 죽음을 맞게 된다.

이 소설이 인기가 있었던 것은 한정수라는 작아질대로 작아진 아버지의 상(相)이 시대 상황과 맞아떨어졌기 때문이다. 옛날에는 아버지라는 권위가 참 대단했다. 그러나 현대로 접어들며 그 위상은 점점 작아져 '한정수' 같은 사람이 되어 있다.

옛날엔 전적으로 아버지에게 경제적인 것과 대외적인 정보를 의존했었다. 그러나 지금은 그렇지 않다. 그저 아버지는 매스컴에 나오는 많은 비교 대상의 아버지 중 한 사람으로 전락되고 말았다. 우리 병원을 방문하는 할머니의 말이 함축적일지 모른다.

"남자는 하늘이고 여자는 땅인데, 요새 땅값이 너무 많이 올라서 그래."

어쨌든 소설 한 권으로 많은 독자들이 공감했듯이, 요즈음의 아버지라는 사람들은 작아질 대로 작아져 소외되고 혼자 외롭다. 이런 아버지들이 술집을 전전하다 이제 진료실을 찾고 있다. 화가 나기도 하고 슬프기도 하고 외롭기도 하고 분을 삭이지 못해 신경안정제에 의존해야 하는 이 시대의 쓸쓸한 아버지! 어쩌면 남자들이 진작 주제를 모르고 낮은 자리로 내려앉지 못한 업보(業報)인지도 모르겠다.

그가 빨리 약을 달라며 오늘은 면담할 시간이 없다고 한다. 그래도 그가 요새는 많이 씩씩해졌다. 마음이 힘들 때면 사찰을 찾아가 백팔배를 하는데 절을 하고 나면 마음이 편안해진단다.

요새는 자가용이 많아 택시 승강장에 서 있는 날이 더 많다. 그래도 순서를 지키고 서 있어야 순번이 왔을 때 자신의 차지가 된다. 그는 택시 승강장에서 대기 중, 바로 뒤에 서 있는 운전사가 아는 사람이라 앞차 빠지면 자기 차를 앞으로 좀 밀어 달라 부탁을 하고 짬을 내어 약을 타러 온 것이다.

칠십 세가 가까워도 좀처럼 그는 차를 떠날 수 없다. 벌어놓은 돈이 없어 당장 먹고 살아야 하고, 아직 출가하지 못한 딸이 하나 있다. 그는 주어진 자신의 상황에 충실히 살아온 이 땅의 아버지다. 그렇게 자신은 고생하건만 때가 되어 집에 들어가면 그의 아내는 어디를 갔는지 항상 집에 없다. 그리고 집에 있어도 들어가든 나오든 관심이 없다. 그래서 혼자 밥

차려 먹는 날이 많고 그럴 때마다 눈물이 난다. 이제 그러려니 해도, 어떤 때는 단둘이 사는 아내의 태도가 서운하고 울화통이 터진다. 처음엔 싸우기도 했지만 다 소용없고 그렇게 하면 점점 더 멀어지기 때문에 요새는 어쩔 수 없이 그저 내 팔자려니 하며 산단다. 그래도 영 못 참겠다 싶으면 시내에서 좀 떨어진 사찰로 차를 몰고 간단다.

처방전

억압(Repression)은 의식적으로 참는 것입니다. 자기도 모르게 무의식적으로 참을 때도 있는데, 이를 억제(Supression)라고 합니다. 한국 고유의 병인 '화병'은 이 억압과 억제가 너무 많이 쌓여 생긴 병입니다.

20. 그녀의 겨울

초등학교 3학년 아이가 있고, 폐까지 전이가 된 뇌암 말기의 남편을 둔 38살 여성 환자 이야기다. 시흥에서 살다가 남편도 원하여 고향에서 마지막을 살게 하고 싶어 시골 시부모가 있는 본가 근처로 얼마 전에 내려왔다. 내심 남편을 시부모가 좀 보살펴 주겠지 하는 기대고 싶은 마음이 있었다고 한다. 먹고 살기는 해야겠기에 파트타임으로 취직하여 일하고 있고, 그 시간 동안은 남편과 아이는 자신만 기다리며 집에 있다면서 여자는 자꾸 가슴이 답답하고 화가 나서 아이한테 짜증을 내게 된다며 눈시울을 붉혔다. 이럴 때 내가 할 수 있는 일이란 환자에게 휴지를 밀어주는 것뿐이다.

"아이 아빠의 뇌 수술이 성공했을 때는 세상이 다 충만해 보였어요. 이제 살아났으니 아이하고 우리 셋이 오순도순 살면 된다고 행복에 들떴었어요. 그런데 그게 아니더라고요. 남편은 뇌 수술 후 어린애가 되었어요. 내가 일 갔다 오면 아랫목에서 텔레비전을 보다가 "춥지?" 하고는 비켜줄 줄을 몰라요. 얼마 전엔 보이스피싱에 걸려 200만 원씩 두 번이나 송금을 하더라고요. 하도 화가 나서 "이 바보야!" 했더니 이걸 시부모에게 얘기해서 난리가 났어요. 시어머니는 어떻게 남편에게 막말을 할 수 있느냐며 화를 내시고 요샌 나와 말도 안 해요. 그래도 친정부모가 계신 시흥에 있을 때가 좋았어요. 엄마가 발이 넓어 누구네 집에 김치를 하면 사위 갖다 주라며 김치도 주고 주위 사람들이 따뜻이 대해 주었는데, 시골이라 인심이 후할 줄 알았는데 그렇지도 않네요. 시부모는 아들만 싸고돌고 여긴 기댈 곳이 하나도 없어요. 차라리 하루 종일 늦게까지 회사 일이나 했으면 좋겠어요. 시어머니에게 따질까요?"

나는 그녀를 만류했다. 따져서 될 분 같으면 지금같이 행동하지 않았을 것이기 때문이다.

P : 남편은 어때요, 앞으로 좋아지나요?

T : 뇌는 한 번 손상되면 회복이 안 됩니다.

그녀의 어깨 떨림은 커졌다. 마냥 눈물이 흐르고 연신 휴지를 빼서 닦았다.

이 세상에서 가장 명확한 법칙은 '즐거운 것은 자꾸 찾고, 고통스러운 것은 피하고 싶은 것'이다. 이 법칙에 자유로울 사람은 아무도 없으며 거의 모든 인간의 행동은 이 법칙에 의해 좌우된다. 물론 더 큰 즐거움을 위해 일시적으로는 참을 수 있고 얼마간 유예될 수 있으나, 그것이 마냥 지속될 수는 없다.

일찍이 프로이트는 이를 쾌락의 원칙(Pleasure principle)이라 했다. 이 쾌락의 원칙대로 맘껏 살 수만 있다면 얼마나 좋으랴? 그러나 그럴 수 없는 게 우리가 사는 세상이다. 하고 싶은 말이나 행동을 못 할 때가 있고, 어떤 때는 싫거나 고통스러워도 참아야만 한다. 어쩔 수 없이 견뎌야 하는 상황은 스트레스를 유발하고 희로애락(喜怒哀樂)에 물들게 한다.

그런데 우리는 이 쾌락의 원칙을 얼마까지 유예시킬 수 있는가? 옛날보다 그 유예기간은 아주 짧아졌고, 현대인은 이 원칙에 많이도 충실해졌으며, 아니 적극적으로 충실해지려 하고 있다. 특히 이런 경향은 젊은 친구들에게서 두드러진다.

의사인 내가 고작 할 수 있는 것은 남편이나 시어머니에게 눈높이를 낮추라는 말과, 기본적 욕구는 물론 사회적인 지지까지 받을 수 없는 형편이니, '왜 이곳으로 내려왔느냐? 다시 친정이 있는 시흥으로 갈 수는 없느냐?'는 너무나 뻔한 말밖에 할 수가 없었다. 자신도 그러고 싶고 친정엄마 품에서 맘껏 울고 싶다고 했다.

그녀는 두 번 우리 병원을 방문했다. 그녀는 지금 어떻게 살고 있을까?

밖은 지금 영하 11도의 엄동설한이라 진료실도 한가하다. 창가로 가서 하늘을 바라본다. 눈이 곧 올 것같이 음산하다.

그녀의 남편이 수술에서 깨어났을 때 생각처럼, 서로 위하고 이해하며 살면 얼마나 좋겠는가? 그러나 이는 쉬운 일이 아니다.

그녀가 붉은 눈으로 진료실을 나서며 힘없이 하던 말이 생각난다. "방법이 없는 것이지요? 참을 수밖에 없는 거지요? 내가 힘들어도 주위에서 이해만 해주면 되는데……." 그녀의 바람은 너무나 소박하고 예쁘다. 그녀는 언제까지 버틸 수 있을까? 오늘도 집에 종종거리며 들어갔을 터인데 그녀의 남편은 아랫목을 비켜주었을까? 오늘의 이 추위는 내일이면 따뜻해질 것이라는 믿음이 있기에 견딜 만하다. 그런데 그녀의 겨울은 계속 춥기만 하고 너무나 길고 지루할 것 같다.

처방전

어쩌면 제일 많이 사회성을 요구하고 상처받기 쉬운 곳이 가정입니다. 이는 서로에게 바라는 바가 크기 때문으로 그 욕망이 조절이 안 될 때 최악의 상황이 됩니다. 조현병 환자들에게 제일 먼저 깨지는 것이 부부 관계입니다. 어쩌면 부부란 철저히 '주고 & 받는(Give & Take)' 관계인 것 같습니다.

4

남자와 여자 그리고 결혼

21. 결혼의 조건 1

30대 초반의 한 여성이 의식을 잃고 응급실에 실려 왔다. 그녀는 지적이고 뛰어난 미모의 여성이었다. 그런데 나를 놀라게 한 것은 보호자로 따라온 남편이 작은 키에 곱사등을 가진 남자라는 것이었다. 두 부부의 조합이 너무 어울리지 않아 보였다.

나중에 그녀와의 면담을 통해서 알고 보니 명문 여대 출신이었고, 그런데 남편은 외모도 외모지만 중학교 중퇴인 사람! 도저히 어울리지 않은 이 조합이 궁금했고 그녀의 결혼 과정을 알고 싶었다. 자신의 결혼 이야기가 나오자 그녀는 말을 꺼내면서 한참을 울었다.

"저희 집안엔 서울대를 나오지 않은 사람이 없는데 저만 그렇지 못했어요. 물론 제가 나온 대학도 나름 사립 명문이지만 서울대에 비해서는 뒤처진다고 여겨졌죠. 집안에선 항상 뒤처진 아이였고, 늘 '못난이'라는 말을 들었어요. 항상 나는 어려서부터 열등감 속에 자랐고, 그래 정상인과 결혼을 하면 절대 안 될 것같이 생각했어요. 맞선을 열 번 넘게 보았는데 그 좋은 중매 자리 다 마다 하고 우연히 알게 된 현재의 꼽추 남편과 결혼을 고집했어요. 물론 집안의 반대는 엄청났지요. 그 반대를 무릅쓰고, 내놓은 자식 취급 받으며 막상 결혼을 하고 나니 남편은 장애에 대한 콤플렉스 때문에 성격이 꼬일 대로 꼬인 사람이었어요. 말이 통하지 않았고 사사건건 부딪쳐요."

그녀는 남편과 싸울 때마다 히스테리 발작(Hysterical attack)을 일으켜 기절을 했고, 그 이후로도 몇 번 더 응급실에 실려 왔다. 그녀의 결혼 조건은 자신의 열등감을 자극하지 않는 조건의 사람이었다. 그래서 고른 것이 그 꼽추 남편이었던 것이다.

연애를 해서 결혼했든 중매로 결혼을 했든, 결혼은 절대 우연이 아니다. 조선시대처럼 부모들끼리 일방적으로 결정한 억지 결혼은 몰라도, 내가 그 사람과 결혼한 데에는 나름의 이유가 다 있다. 물론 '급한 나머지 중매로 그냥 결혼해서 그 사람에 대해서 잘 몰랐다'고 말하는 이들도 많지만, 그들이 말하는 '그냥'이라는 것에 이유가 내재되어 있고, 단지 그 이유가 무의식적이라 자신이 모를 뿐이다.

이렇게 배우자를 선택하는 이유는 자신이 알고 있건 모르고 있건 간에

분명히 존재한다. 이런저런 많은 이유들이 숨겨져 작동하고 자신도 모르게 운명적 배우자를 선택하게 된다. 그 '숨겨진 이유'가 바로 '결혼의 조건'이다. 조건이 맞을 때, 아니 그 조건이 앞으로 서로 맞을 것 같을 때 결혼에 이르게 된다.

결혼의 전제 조건이 사랑이든, 경제적인 것이든, 자신의 결혼 조건이 성취되지 못하고 결혼생활이 불만족스럽다면, 이제 그 무거운 콤플렉스 덩어리를 내려놓으시라. 배우자를 자신의 욕망을 채워주는 집착의 대상이 아니라 온전한 한 사람으로 봐야 한다. 그렇게 된다면 두 사람은 배우자이자 둘도 없는 친구가 된다.

처방전

결혼은 돈과 Sex의 만남이다. 대학 시절 정신과 교수님의 말씀입니다. 어느 정도 일리가 있는 이야기입니다. 여러 조사에서 여자들이 가장 중시하는 것이 경제적 능력이고, 반면에 남자들은 여자들의 미모와 건강 상태에 관심이 많은 것으로 나타났습니다. 당신의 배우자에 대한 결혼 조건은 무엇입니까?

22. 결혼의 조건 2

그녀는 딸만 아홉 있는 딸부잣집 맏딸로 자라났다. 그런데 아들이 없어 맏딸인 자신이 늘 아들 노릇을 해야 하고, 그러기 위해선 고아한테 시집을 가야 한다고 생각하며 자랐다고 한다. 그녀는 교대 다닐 때 메이퀸 출신으로 상당히 아름다운 미모의 여성인데, 자신의 남모를 고민을 털어놓기 시작했다.

"00학교에 발령받고 근무할 때 한 남자를 만나게 되었어요. 남자는 자신이 공무원이고 고아라고 했어요. 그 말을 듣는 순간 마음이 끌려 사귀게 되었고, 덜컥 혼전에 임신까지 하게 되었어요. 그런데 나중에 알고 보니 고아가 아니라 몰락한 집안의 종손이었어요. 지금은 가세가 기울었지만, 한때는 Y시 인근에서 그 집안 땅을 밟지 않고는 다닐 수 없을 만큼 큰 부자였다고 해요."

"고아가 아니라는 사실에 아주 실망이 컸지만 어쩔 수가 없었어요. 이미 임신까지 한 터라 할 수 없이 결혼을 하게 되었어요. 결혼 후 얼마 있다 남편은 공무원을 그만두고 사업을 시작했는데, 무엇을 하든 하는 족족 실패를 하는 거예요. 보다 못한 내가 사업해 보기로 마음먹고 교직을 그만두었어요. 퇴직금을 가지고 옷 가게를 시작했는데 장사가 잘 되는 거예요. 지금은 유명 브랜드의 대리점을 몇 개를 더 인수할 정도로 성공했지요."

"반대로 남편은 사업 실패 후 집에만 있으려 했고, 아내 대신 육아, 빨래, 식사 준비까지 자청하여 집안일을 도맡아 했어요. 심지어 외아들에게 공부를 가르치기도 했는데, 4살 때부터 영어 테이프를 듣게 하고 아이가 밖에 나가 놀지 못하게 했어요."

"이런 강압적인 아버지 탓에 아이는 스트레스를 받아, 급기야 말처럼 목을 빼며 '히 - 잉' 우는 것 같은 이상한 신경증상을 보이기 시작했는데, 증상이 나타나면 아이를 놀게 했다네요. 아이의 증상은 점점 심해져서 이 대학병원 소아정신과에 입원하게 된 거예요."

그녀의 마음 깊숙이 들어가 보면, 자신이 남자로 태어나지 못한 것이 한이 되었고, 어떻게 해서든지 남자 역할을 하고 싶어 했다. 그래서 고아라는 남자의 말에 그냥 끌리게 되었고, 그것이 결혼의 동기가 되었다. 나중에 그가 고아가 아니라는 사실을 알고 그녀는 실망이 컸고 결혼을 망설이다가 임신 때문 어쩔 수 없이 결혼을 했다고 했다. 과연 그럴까?

그렇지 않을 것이다. 그녀의 눈에는 이미 남자가 수동적이고 의존적이라는 것을 알게 되었고, 자신이 주도적 역할을 할 수 있다는 가능성을 직감했기 때문에 결혼한 것이다. 결국, 자신은 몰랐지만 '수동적이고 의존적인 남자'가 그녀의 결혼 조건이 된 것이다. 어쩌면 남자도 자신의 수동적이고 의존적 욕구를 만족시켜 줄 사람으로 그녀를 선택했을 것이다.

그녀는 무능한 남편 때문에 힘들다 했다. 그럴까? 남편이 사업에 성공하여 잘 나갔다면 그녀는 행복했을까?

말로는 남편 때문에 아주 많이 고생했다고 하지만 오히려 그녀는 무능력한 남편 덕에 자신의 결혼 조건을 현실에서 이룰 수 있었고, 또 그녀의 결혼 생활이 잘 유지되고 있는 것이다.

결혼에 이르는 과정을 자세히 살펴보면 무섭기까지 하다. 이루지 못한 소망과 불만족스러운 것들이 무의식 속에 자리를 잡고 있다가 나름의 결혼 조건이 된다. 그래서 무의식중의 그 조건에 맞는 누군가를 만나면 무작정 좋아지고 설레면서 웨딩마치를 울린다.

그러나 상대방도 자신이 바라는 나름의 결혼 조건이 있기에 그 조건이 다 만족되기는 쉽지 않다. 두 사람의 조건이 모두 만족되면 좋겠지만 실제로는 그렇지 못하게 되고 그럴 경우에 문제가 생긴다.

점점 폭발이 되어서 부부싸움이 일어나고 가정폭력으로 발전하기도 한다. 그리고 그 조건을 밖에서 찾는다면 외도가 된다.

서로서로 저마다의 결혼 조건을 다 충족해 준다면 얼마나 좋을까. 그러나 그렇지 못한 것이 현실이고, 흔히 사람들은 '내가 그때 콩깍지가 씌었지.'라고 말하면서 그 콩깍지가 벗겨진 나날은 저마다 살아온 습관적 삶만 남고 일상은 지루하다.

기대치가 높으면 바라는 것도 많다. 그 바라는 것을 배우자에게서 구하려고 집착한다면 문제를 안고 사는 것이다. 따지고 보면 결혼 조건은 일종의 무의식의 산물인 '콤플렉스'다.

그 콤플렉스는 결혼에 이르는 원인이 되기도 하고 결혼의 존재 이유가 된다. 그리고 동시에 그것은 두고두고 부부간 충돌의 불씨가 된다.

처방전

남자가 두 여자와 선을 보았습니다. 한 여자는 '참 착한 사람이더라'고 좋아했습니다. 한 여자는 대뜸 '남자답지 못하다'라고 혹평을 했습니다. 왜 그럴까요? '착해 보인다'라고 한 여자는, 아주 적극적이고 자기주장이 강한 여자일 것입니다. 그러다 보니 자신에 맞는 남자는 수동적인 남자가 좋은 것입니다. 두 번째의 남자답지 못하다고 한 여자는, 자신이 의존적인 사람일 것입니다. 적극적으로 끌어줄 남자를 원하고 있어서 이런 평가가 나온 것입니다.

23. 사이-거리는 존중되어져야 한다

모든 부부 사이가 애틋하다면 얼마나 좋을까? 남남이 서로 만나 한 시절 인연을 건너는 사이, 외롭고 팍팍한 그 순간을 같이 하는 사이, 부정하려 해도 부정할 수 없이 너무나 밀접한 사이, 자식이라는 새로운 인연을 만들고 노년과 죽음의 설계까지 같이 하는 공동 운명체. 그래서 좋은 부부애는 이 사회가 그토록 귀감으로 삼으려 하고 칭송하는 덕목이 되어왔다.

그런데 어떤가? 모든 부부가 이렇듯 애틋하지는 못하다. 20여 년 넘게 정신과 의사 생활을 하며 보니 가슴 찡한 부부관계는 드물다. 너무나 많은 부부가 상대에 대해 매너리즘에 빠져 부부라는 인연을 하나의 습관이나 의무로 바꾸어 살아가고 있다.

왜 그럴까?

이 세상엔 자신의 아내에게 잘 해주는 남편들이 많을 것이다. 그러나 그들 모두 사이가 좋지는 않다. 아름다운 부부들에게는 일반 부부에서 볼 수 없는 공통점이 있다. 그것은 서로 잘 해주는 면도 있지만, 상대에 대한 '고마움'이 남다르다는 점이다.

처음 사랑하는 남녀가 만났을 때를 생각해 보자. 상대의 조그만 호의나 배려도 감격한다. 그러던 것이 결혼해 살다 보면 당연한 것이 되고 나중엔 그렇게 안 하면 섭섭하게 된다. 여기에는 고마움이라는 감정이 끼어들 여지가 없다.

왜 이렇게 변할까?

상대에 대한 '거리'의 인식이 사라졌기 때문이다. 나와 타인 간에 필연적으로 존재하는 '거리'를 너무 친하다는 이유로 망각하는 데서 오는 결과다.

'거리감(距離感)'에 대한 인식은 인간관계에서 꼭 필요한 덕목이다. 이는 '내가 상대와 같을 수는 없다는 것의 인식'이고, '서로가 개성을 갖는 소우주라는 것의 인정'이며, 또 '개성적 두 주체는 서로 존중돼야 하고, 잘못하면 충돌하여 멀어질 수도 있다는 현실 인식'이기도 하다. 엄연한 그 거리를 잘 직시하는 그런 사람을 우리는 이렇게 칭찬한다.

"사람이 되었어. 사람을 어려워할 줄 알아."

조선시대에선 남녀의 정분을 금기시했고 감정이 빠져드는 사람과는 결혼을 꺼려했다. 이는 좋다는 감정 때문에 자칫 '거리'에 대한 인식이 사라지지 않을까를 경계한 것이 아닐까?

그러나 요즘 사랑이라는 것이 서로 간의 거리를 없애는 것으로 잘못 알고 있다. 상대에게 거리감을 망각할 때 사람들은 상대에 대한 존중이 있을 수 없고 어떤 배려와 고마움도 없다. 그저 자신만을 주장하며 자신만을 바라보라고 한다.

집 밖에서는 너무나 논리적이고 포용력이 많은데 집에만 들어오면 개판이 되는 사람도 있다. 이런 사람은 이해심이란 전혀 없고 자기만 주장하고 그것이 안 되면 심지어 폭력으로까지 발전한다. 이는 다 상대를 거리감 없이 나같이 생각하기 때문이다.

이제 사랑이라는 단어도 진화해야 한다. 두 사람 사이에 '거리'를 없애려는 행위가 아니라, 엄연히 존재하는 거리를 존중하고 극복하는 것이어야 한다. 그 존중은 상대에 대한 믿음으로 이어지고, 믿음은 무한한 자유로 나가는 것이어야 한다.

처방전

남편은 아내에게 친절하고, 아내는 그것을 고마워하며 상대에게 잘하고, 또 남편은 그것이 고마워 더 잘하고. 이렇듯 가까운 사이는 서로에게 고마움으로 이어지며 애틋한 부부애로 지속될 것입니다.

24. 섹스(Sex)라는 것

나는 계절마다 친한 형과 여행을 떠난다. 주위에선 사귀느냐는 말이 나올 정도로 그 역사가 길다. 올해 남해안 사량도를 갔을 때다. 빈방이 없어 방을 같이 썼는데 그것이 큰 사고였다. 밤새도록 형이 잠꼬대를 해대는 통에 잠을 설쳤다. '아이고 아이고' 신음을 하다가, '그렇게 하면 안 되는데' 했다가, '내가 잘못했어.' 했다가, '너 그러면 안 돼' 했다가, 노래까지 불렀다. 오지 않는 잠을 청하다 아예 포기하고 밤새 쉬지 않는 형의 잠꼬대에 귀를 기울이다 보니 날이 샜다.

잠이 안와서 밖으로 나와 한참을 이리저리 배회하다 다시 여관으로 발길을 옮겼다. 자는 형을 깨웠다. "대단합니다." "뭐가?" 밤새워 들은 잠꼬대 얘기를 하니 자신이 그랬냐 하면서 놀랜다.

엄마의 자궁을 빠져나오면서 인간의 불안은 시작된다. 배가 고픈데 엄마는 올까, 안 올까? 내가 쳐다보면 사람들은 눈을 맞춰 줄까? 일어서고 싶은데 넘어지지 않을까? 내 주장이 과연 받아들여질까? 이런 하나하나의 갈등은 아기가 성장하며 맞닥뜨리는 도전이고 극복해야 할 과제며 두려움의 순간이다.

점잖은 척하는 우리 어른들도 마찬가지다. 학습 효과가 있어 조금 쉽고 적응력이 생겨 순간순간 긴장을 느끼지 못할 뿐이다. 우리가 사는 세상은 아이나 어른이나 끝없이 크고 작은 어떤 상황과 맞닥뜨린다. 그때마다 어쩔 수 없이 결정해야 하는 긴장되고 고독한 순간이 온다. 그 과정에서 사람들은 자신도 모르게 마음속 깊숙이 불안과 공포를 상흔(傷痕)으로 새긴다. 밤새 내가 들은 형의 잠꼬대는 그 순간들을 적나라하게 보여 주고 있었다. 생생히 살아 찰랑대는 물결무늬 상흔의 한끝에는 아직도 어느 순간의 떨림이 묻어 있었다. 그 상흔은 아직도 끝나지 않은 진행형이고, 미처 다하지 못한 말이며, 잘 들어보면 비명 또는 신음이고 혼자서 흐느끼는 울음이었다.

차마 세상에 태어나지 못한 절절한, 자신이 들어도 그 유치함에 픽 웃음이 터져버리는, 가슴속에 깊이 숨어 있다 자아의 억압이 느슨해진 무의식의 잠결을 통해 겨우 탈출하는 언어들. 그런 언어들을 누구에게 어떻게 말할 것인가? 그런 언어들을 누가 온전히 받아줄 것인가?

그것이 몸의 언어, 섹스가 아닐까?

마음 밑바닥에 숨어 있는 이 무의식 언어는 문자보다는 이미지에 가깝다. 또 논리적이기보다는 감정의 파편이 이끄는 대로 마음껏 달리는 비논리의 질주다. 그래서 그 언어는 마음 놓고 내지르는 신음이고, 으스러지는 껴안음이고, 마구 퍼붓는 키스이며, 마음껏 해대는 유희고 몸의 말이다. 그런 언어를 들으려면 상대도 똑같은 언어로 혼연일체가 되어야 한다. 저마다의 가슴속 깊숙이 있는 것들을 모조리 말해버리는, 동시에 모조리 들이마시는 춤사위여야 한다.

프로이트의 성적 발달 단계(Psychosexual development)는 구강기 항문기 남근기로 나눈다. 구강기(oral stage, 0-1세)는 입과 입술로 만족을 얻는 시기로 이때 중요한 정신적 발달 과제는 믿음 형성으로, 이 시기에 적절한 만족을 얻지 못하면 자신과 타인 세상에 불신감을 갖게 되어 사람들과의 접촉을 두려워해 고립을 자초하고 의존적이 된다. 항문기(Anal stage, 1-3세)는 배변 훈련을 받는 시기로 이때 부모의 반응과 감정을 통해 분노와 적대감 들 부적절한 감정을 수용하는 태도를 배우며, 실수해도 괜찮다는 것을 알게 되며 자신을 개별적이고 독립적인 존재로 아는 자율성을 획득하는 시기다. 그리고 남근기(Phallic stage, 3-5세)는 성기에 관심을 갖는 시기로 자신의 육체에 호기심을 갖고 이성적 발견을 하는 시기로, 성기를 만지면 가벼운 쾌감을 느끼며 오이디푸스 엘렉트라 콤플렉스가 형성되는 시기다. 이때 남녀 각각은 아버지에 대한 경쟁심과 남근 선망을 갖게 된다.

사람의 성격은 5세까지 90%는 발달된다. 이 시기가 성격 형성에 가장 중요하고, 이때의 언어는 문자가 아닌 몸 언어이며, 이미지의 언어이며, 비논리의 언어다. 그 언어는 사라진 게 아니라 무의식 깊숙이 존재하는 언어다.

섹스는 어차피 5세 이전으로 돌아가는 퇴행의 과정이고, 이때는 무의식에 숨어 있는 언어이자 몸 언어가 주도권을 잡는다(급하고 절박하여야 할 때도 이 무의식 언어가 압도해, 천 마디 말보다 손 한번 꼭 잡아주는 것이 더 나을 때가 있지 않은가?). 어른입네 하는 우리도 될 수만 있다면 현실적 생각이나 일들을 내려놓고 그만 천진난만함으로 돌아가고 싶다. 그것이 바로 섹스의 존재 이유이고 합법적인 탈출구다. 이를 통해 불신과 억제된 분노와 경쟁심이 잠재된 남근 선망을 살풀이하듯 풀어낼 수 있다. 그러기 위해 입, 몸, 둔부, 성기 등 몸 언어를 말할 수 있는 신체가 총동원되는 게 전희고, 성교행위다. 일종의 건강한 퇴행이다.

무의식 상태의 몸 언어는 아무한테 할 수 없고, 나를 받아주고 좋아하는 대상이어야 한다. 하루 종일 몇 마디 안 하면서도 세상 부부들이 어울려 살아간다. 그것은 섹스라는 무의식적 언어를 봇물 터지게 수다를 떠는 통에 가능한 것이리라. 누가 말이나 문자만을 언어라 하는가?

이것이 부부간의 원만한 성생활이 반드시 필요한 이유다. 다시 말하지만, 섹스는 단순한 행위가 아니라, 저마다의 가슴속 깊숙이 있는 것들을 모조리 말해버리는 동시에 모조리 듣는 비의식의 언어다.

처방전

가슴속에 달그락거리며 마냥 '마렵던' 언어들을 한껏 쏟아놓을 수 있는, 자신도 미처 모르는 은밀한 대화가 무엇일까요? 무엇일 수 있을까요? 그것은 먹지 못한 과거 어느 순간 허기의 실현이며, 하지 못한 말의 방출이고, 두려움과 망설임에 대한 내던짐입니다. 외마디 신음은 몇십만 페이지의 압축 언어이고 긴 포옹은 온전히 한 과거가 말해지고 미래 하나가 허용됩니다. 이것이 바로 섹스라는 것입니다. 섹스는 차마 하지 못한 '말 걸기'이고 '말 받기'입니다.

25. 닫아버린 성(性)

40대 중반의 여자가 머뭇거리다 증상을 말하려 하자 남편이 여자의 말을 자르며 어이없다는 듯이 말을 했다.

"계속 밑이 아프다네요. 안 다닌 산부인과가 없어요. 서울의 유명 대학병원도 가봤는데 다 이상이 없다고 해요. 그런데도 계속 아프다고 합니다. 뭐 이런 병이 다 있습니까?"

나는 다른 증상은 없는지 물었다. 마음이 불안하고 우울하며, 통 왜 사는지 모르겠다고 했다. 그동안 무슨 일이 있었나를 물으니 말도 말라 한다. 남편이 술을 많이 마셔 매일 취해 들어와 주정하고, 음주운전 사고로 구속이 되는 등, 술이라면 진저리가 난다고 했다.

"지금은 안 먹잖아!"

옆에 앉아 있는 남편이 또 말을 자른다. 지금은 안 먹지만 항상 또 먹으면 어쩌나 불안하다고 했다. 아무래도 말이 겉돌았다. 남편이 있어 속 얘기를 못 하는 것 같았다. 남편을 대기실에서 기다리게 하고 환자와 둘이 면담을 했다.

T : 두 분의 잠자리 관계는 어땠나요?

P : 싫다고 하는데도 억지로 술김에 했어요. 이젠 옆에 오는 것도 싫어요.

T : 요사이는 어떠시나요?

P : 아파서 못 하지요, 만지지도 못하는데. 이제는 저 사람 손이 내 몸에 닿는 것도 싫어요!

남편을 진료실로 다시 불렀다. 남자와 다른 생리적 여자의 성(性)에 대해 자세히 설명하려고 했다. 그러나 남편은 막무가내 들어오지를 않겠다고 했다. 간호사의 재촉에 억지로 들어와선 화난 표정이었다.

"그동안 부인이 많이 힘들었던 것 같습니다. 많이 도와주셔야겠어요."

대꾸도 없이 퉁명스레 받았다.

"나도 스트레스 받아요."

"그동안 하신 행동의 결과입니다."

그는 계속 툴툴대며 도대체가 말을 들으려 하지 않았고, 자기 힘든 점만 얘기하고 환자에 대해 불만투성이였다. 이쯤 되면 보호자의 도움은 물건너갔고, 그와 면담은 무의미해지는 거다.

"어쨌든 부인을 고치시려면 남편 도움 없이는 안 될 것 같습니다."

"그럼 이혼하는 수밖에 없지요!"

이혼. 나는 더 이상 할 말을 잃었다. 도대체 대화가 안 통하는, 매일 술 먹고 주정하는, 싫다는 술 냄새 풍기며 강제로 자신의 욕구를 풀어야 하는 남편. 여자의 성을 조금만 이해한다면 이런 행위가 얼마나 큰 고문인지 알 것이다.

여자는 남자와 성 구조가 다르고 그 흥분 단계도 다르다. 남자의 발기에 해당되는 부분이 여자에겐 질액이 나오는 단계다. 여자가 성적 흥분이 안 되면 질액이 안 나오고, 이 상태에서 섹스는 남자가 발기 안 된 성기로 섹스를 하는 것과 똑같다. 그래서 섹스에는 삽입 전에 상대와 심리적 교감과 전희 단계가 필요하다. 질액이 나오지 않은 상태에서 섹스는 막말로 '맨땅에 말뚝 박기'다. 아프고 상처가 나기에 십상이다. 강간을 당했을 때 성기에 큰 상처를 입는 이유가 바로 여기에 있다. 그리고 여성은 남성과 달라서 섹스 파트너에게 적개심이 있으면 마치 전기가 나가듯이 성적 욕구가 사라지며 온몸이 굳어버린다.

그녀는 남편에 대한 숨은 적개심이 대단했다. 보호자는 아주 자기중심적이고 전혀 말이 안 통하는 사람이었다. 그녀는 지금 그런 남편과 결혼생활이 아무런 희망도 없고, 앞으로 두 사람 관계는 더 악화되면 되었지 좋아질 여지가 없다는 것을 잘 알고 있었다.

그래서 그녀는 밑이 아프다는 이유로 자신의 문을 아주 닫아버린 것이다. 그녀의 의식은 고통을 호소하지만, 그녀의 무의식은 병이 낫기를 거부하고 있었다.

일단은 치료를 시작했다. 그러나 나는 그녀를 성공적으로 치료할 자신이 없었다. 이 여성에게서 통증은 여러 의미를 갖는다. 과거의 성교 통증에 대한 때늦은 표현이고, 남편과 다시는 섹스를 하고 싶지 않다는 완곡한 주장이며, 더 나아질 것 없이 희망 없는 남편에 대한 절망의 표현이다.

지금 그녀가 밑이 아프다는 것은 일종의 몸 언어(Body language)다. 말로 안 되니 몸으로 말하고 있는 것이다. 그런데 그녀의 남편이라는 사람은 그 강렬한 주장, 절규를 전혀 들으려 하지 않는다. 단지 낫지 않고 계속 아프다는 환자의 증상에, 자신이 하지 못하는 섹스에 화가 날 뿐이다. 이런 때 치료자인 내가 할 수 있는 것은 눈물 닦는 휴지나 빼주는 일이다.

그녀의 닫힌 성의 문을 여는 열쇠는 내게 있지 않고 바로 남편에게 있다. 과거의 상처를 어루만져 주고 그녀의 두려움을 꼭 껴안아 준다면…, 이제 우리는 재미있게 잘 살 수 있다는 희망을 품게 해준다면… 이럴 때 치료자는 참 답답하다. 그녀는 지금 온몸으로 절규하고 있다. 그러나 빈 메아리는 힘없이 그녀의 발밑에 그냥 떨어질 뿐이다.

처방전

섹스에 있어 '전희 단계'는 외디팔 시기 이전(Pre-oedipal stage)의 구강기 항문기로 퇴행(구강기 항문기)이고, 이것이 만족되고서 두 성기의 결합인 남근기로 퇴행합니다. 그리고 섹스 후의 다정한 말과 포옹, 애무는 몸과 마음에 안정을 가져다주어 더욱 상대에게 애착을 느끼고 그런 감정을 유지하고 싶어 하게 됩니다. 이렇게 섹스는 건강한 퇴행으로 사람에게 즐거움을 줍니다. 그래서 사람들은 그렇게 말도 많고 탈도 많으면서, 무거운 현실을 벗어 던지고, 천진한 몸 언어로 수다를 떨고 싶어 합니다.

26. 의부증과 의처증— 날마다 페니스에 이름 쓰는 여자

10여 년 전쯤, 40대 남자가 병원에 왔다. 아내가 아침마다 자신의 페니스에 사인펜으로 자신의 이름을 쓴다는 것이었다. 그 사인펜 글씨가 땀이 나거나 소변보다 실수하여 혹시 지워지면, 그것은 바로 다른 여자와 성관계를 의미하여 난리가 난단다.

78세 할아버지가 할머니를 의심하여 집에서 한 발자국도 못 나가게 했다. 그래도 할아버지의 의심은 계속되며 할머니 성기를 아주 꿰매야 한다고 펄펄 뛰었다. 자식들은 설득하다 못해서 산부인과에 사정사정하여 수술로 자궁 문을 닫아버렸다. 그리고는 자신은 다른 방에서 잘 잔다.

30대의 한 여자. 남편이 출근할 때 남편 운전석 옆에 방석을 매일 아침 똑바로 놓는다. 이 방석이 삐뚤어지거나 하면 그때는 옆에 다른 여자가

탄 것이고 그것은 부정의 증거로 채택된다.

이런 증상들이 흔히 우리가 의처증 의부증이라 일컫는 부정망상인데, 오셀로 증후군이라고도 한다. 셰익스피어의 4대 비극 오셀로에서 유래된 것으로, 오셀로는 부인 데스데모나를 의심해서 목 졸라 죽이고 자신도 종국에 자살로 끝내고 만다.

이렇게 부정망상은 있지도 않은 사실을 확대 해석하거나 임의로 왜곡하여 당사자는 물론 배우자를 아주 힘들게 한다. 환자 스스로 병원을 방문하는 경우는 거의 없고, 배우자를 의심하는 것 외에는 모든 면에서 정상적으로 사회생활을 잘하기 때문에 다른 사람들이 알지 못하는 경우가 많다.

가끔 배우자가 다른 사람과 바람을 피운다고 생각하니 불안하고 고통스럽다. 그래서 불안이나 불면 등이 나타나고, 이 때문에 병원을 찾는 경우가 간혹 있다. 그러나 대부분 자신의 부정망상은 좀처럼 인정하지 않는다.

이런 사람들의 사고 양태를 보면, 앞에 에피소드에서 볼 수 있듯이, 자신이 임의로 생각한 것, 가령 글씨가 지워진다든지 방석이 삐뚤어지거나 떨어진다든지 하는, 자신만의 소견으로 자기 혼자 설정한 것과 다르면 부정의 증거로 채택한다. 따라서 아무리 설명해도 변명일 뿐이고 설득도 되지 않는다. 어떤 경우는 오히려 부정을 인정하면 다 용서해 준다며 계속 힘들게 하여, 그 순간을 모면하기 위해 빈말로 '그랬다'고 하면 그것은 바로 '거 보라'며 확실한 증거로 채택될 뿐이다.

이런 사람들 중에는 오히려 자신이 성적으로 문란한 경우가 많다. 자신이 경험한 이성처럼 자신의 배우자도 그럴 것이라고, 자신의 내면을 상대에게 투사하는 정신분석학적인 기전이다. 어떤 사람은 '너무나도 사랑을 해서 그렇다'고도 생각하는데 절대 그렇지 않다. 망상이란 엄연히 정신증상으로, 부정망상은 일종의 정신병이다.

정신병(Psychosis)은 뇌의 이상으로 생긴 것이고, 치료는 당연히 생물학적 접근 방법으로 약물이 필요하다. 요새는 약이 좋아 약을 복용만 하면 그 반응도 좋은 편이다. 그리고 이런 사람을 대할 때의 태도는 너무 친절해도 안 되고 소원해도 안 된다. 될 수 있으면 논리적이고 합리적으로 대하는 것이 좋은데, 때로 그 논리적이거나 합리적인 것마저 '완전 범죄를 위한 술책'이라고 생각하기도 하니 참 미칠 노릇이다.

부정망상 환자들은 자신은 병이 없다고 생각하기 때문에 절대 병원 오기를 거부한다. 그러나 요즘은 의심을 받는 배우자 쪽에서 '치료를 안 받으면 이혼하겠다.' 하여, 반강제적으로 환자를 병원에 데려오는 경우가 종종 있다. 그러나 대개가 지속적으로 치료가 이어지지 않고 배우자를 비롯한 가족의 고통은 이루 말할 수가 없다.

처방전

망상은 자신만의 아주 좁은 창으로 세상을 바라보는 것입니다.

27. 유쾌한 이혼

키도 크고 멋진 40대 여성이 털어놓는 말은 남편의 외도 때문에 힘들다는 얘기였다. 어떤 이혼녀와 아주 살림을 차렸고, 현재 협의이혼을 요구하고 있다고 했다. 한 6개월 그러다 돌아오겠지 싶어 그냥 지켜봤는데, 아내가 자신의 신분을 외부에 노출 못 시킬 것이라는 약점을 이용해 지금은 막 나간다고 했다. 남편이 이혼을 원하는데 본인 생각은 어떤지를 물었다.

P : 아직 아이들도 어리고 이혼은 생각도 안 해봤어요. 몇 달은 나만 알고 쉬쉬하다 시댁과 친정에 다 말했더니 더 당당해요. 이제는 집에도 안 들어오고, 목덜미가 뻣뻣하고 가슴이 답답해 죽겠어요. 그동안 매일 싸우니까 초등학교 5학년 딸이 하루는 "엄마 깨끗이 이혼해. 아빠는 더러

워! 보기 싫어. 우리끼리 살면 되잖아!" 하더라고요. 정말 이 일을 어떻게 하지요?

정답이 있겠는가? 그녀가 해야 하는 것은 정답이 아니라 결정이었다. 그런데 그녀는 이혼할 생각이 없고, 자식 때문에 어떻게 이혼하느냐며 남편에 대해 화를 낼 뿐이었다.

T : 보통 이런 때 서양 사람들은 두 가지 결정을 합니다.

P : 뭔데요?

T : 그 사람을 사랑한다면 참고 기다리든지, 아니면 자신이 보따리를 싸는 겁니다. 계속 트러블이 있는 부부보다는 이혼해서 안정적인 가정이 자식들에게도 더 좋다고 합니다.

P : 그런가요? 계속 둘이 싸우다 보니 애들도 이제 지겨운가 봐요. 딸의 쿨(cool) 한 말에 놀랐어요. 문제는 저네요.

그렇다. 지금 이미 가정은 깨어졌고, 애들마저 이제 깨어진 것을 인정하고 현실화하고 싶어 했다. 이혼을 원하지 않았다면 그녀는 이런 상태까지 오지 말았어야 했다.

이 상황이 꼭 남편 탓만 있을까? 정신분석적으로 보면 자신에게 만족을 주는 대상에게 정신 에너지(Libido)를 부착(Cathexis)시킨다. 즉 그런 사람을 좋아하고 사랑하게 된다. 남편은 새로운 파트너에게 한껏 빠져 있고 이쪽은 빨리 정리하고 싶어 한다. 그쪽이 남편에게 보다 많은 만족을 주고 있다는 얘기다.

우리나라 사람들은 배우자에게 새 파트너가 생기면 드는 주 감정이 분노감이다. 그러나 서구의 경우는 이와 달리 상실감 때문에 슬퍼하고 우울해한다.

오래 전, 국립의료원에 근무할 때 일이다. 미국 국적의 뚱뚱한 서양 여성이 손목을 칼로 그어 자살을 시도하여 응급실에 들어왔다. 상처에 대한 응급처치가 끝나고 정신건강의학과로 자문이 와서 면담을 하게 되었다. 자살 이유를 물으니 지금 결혼하려는 남자친구가 자기를 떠나려 한다고 했다. 이번에 헤어지면 다섯 번째인데, 이제 더 이상 이성관계가 자신이 없다며 서럽게 울었다.

이 여성의 슬픔은 우리나라 사람들과 다르다. 자기가 사랑하는 사람의 사랑을 잃었다는 것에 대한 슬픔이다. 이 차이는 어디서 올까? 분노라는 반응은 당연히 내 남자이어야 하는데 상대가 그렇지 않다는 생각 때문이다. 그런데 슬픔의 반응은 이와 다르다. 지금의 내 남자도 자신이 잘못하면 그의 사랑을 잃을 수도 있다는 전제가 깔려 있고, 또 자신이 문제가 있어 상대가 떠났다는 반응이다.

우리나라는 한 번 결혼하면 어떤 일이 있어도 검은 머리 파뿌리 될 때까지 사는 것으로 되어 있다. 이혼의 진출입이 아주 폐쇄적이다. 세계에서 이혼율 높기로 손꼽히는데도 말이다. 단지 결혼 서약, 법만으로 부부관계를 계속 하나로 묶으려 함은 문제가 있다. 기존의 높은 이혼율을 낮추기 위해서라도 오히려 이혼의 자유로운 진출입이 필요한 시점이 아닐까 싶다. 서구와 같이 '서로가 사랑하지 않는다면 이혼한다'는 생각은 서로에게 노력하는 자세를 갖게 할 것이다.

그리고 '결혼을 깨는 사람이 무조건 잘못이다' 라는 식의 안이한 결혼관은 이제 변해야 한다. 부부간 사랑을 계속 유지하기 위해서는 서로가 항상 노력해야 하고, 자신이 잘못하면 상대의 사랑을 잃을 수 있다는 긴장이 필요하다. 결혼은 한 여자, 또는 한 남자를 선택함으로 다른 모든 남자, 또는 모든 여자를 포기하는 아주 현실적인 행위다.

이혼을 망설이던 40대 여성과 여러 가지 면에서 얘기했다. 그녀의 분노는 차츰 후회로 바뀌었고 내게 이런 말을 남기며 일어섰다.

P : 다른 여자를 좋아하는 데는 내 잘못도 큰 것 같아요. 남편은 고등학교밖에 안 나와 열등감이 심했어요. 내가 대학원까지 간다니 너무나 싫어하더라고요. 그가 원하던 것을 나는 들어준 적이 없는 것 같아요. 딸이 나보다 더 어른스러운 것 같아요. 내가 홀로서기가 안 되니 애들 핑계를 대는 것 같아요. 내가 싫어서 떠나겠다면 내가 무슨 권리로 그를 잡겠어요. 그냥 돌아올 때까지 무시하고 살든지, 정 못 참겠으면 깨끗이 이혼하겠습니다.

말을 자주 합니다. 그리고 대부분이 전화나 메시지 내역을 조사하고 후회를 합니다. "차라리 하지 말았을 것을! 모르는 게 더 좋았을 것을!"

처방전

배우자는 부정한 사실을 부인해 주길 원합니다. 배우자의 불륜 때문에 방문한 여성 중에는 "차라리 아니라고 잡아떼어 주었으면 좋았을 것 같았다"는 말을 자주 합니다. 그리고 대부분이 전화나 메시지 내역을 조사하고 후회를 합니다. "차라리 하지 말았을 것을! 모르는 게 더 좋았을 것을!"

28. 필리핀산 행복

아이가 청진기를 잡으려 한다. 안 돼! 리친이 제지한다. 괜찮아, 이리 와봐. 청진기를 아이 귀에 대주고 "아" 소리를 낸다. 아이는 찡그리며 청진기를 귀에서 뺀다. 남편인 L 씨는 초점 없이 벽만 바라보고 있고, 아이 엄마 리친은 빙긋이 웃는다.

리친은 필리핀에서 시집온 20대 후반쯤 되는 여자다. 키는 작고 통통하며 둥그런 얼굴에 눈이 크고 좀처럼 화를 낼 것 같지 않다. 아직 말이 서툴어서 묻는 말에 웃음으로 때울 때도 있지만, 병원 올 때마다 항상 웃고 있는 결혼 2년 차인 그녀, 우리나라는 현재 출산율이 떨어져 문제인데 리친은 벌써 한 아이의 어머니고 두 번째 아이까지 임신하여 만삭의 몸이다.

우리나라의 많은 국제결혼이 그렇듯 리친의 결혼 상대도 결함이 있다. 40세인 한국인 남편 L 씨는 대학 재학 중 눈에 병이 와서 실명하였고, 심한 조현병까지 겹쳐 현재 우리 병원 치료를 받고 있다. 아버지는 일찍 돌아가셨고 밭이 조금 있어 홀어머니가 농사지으며 둘이 근근이 살아오다 결혼정보 회사를 통해 아내 리친을 만났다.

리친이 오기 전까지는 늘 모친이 L의 약을 타러 왔었는데, 요새는 한 달에 한 번씩 세 식구가 같이 출동한다. 두 살배기 아들은 진료실에 들어오자마자 떡하니 자기가 환자용 의자에 앉고, L 씨는 그 뒤에 놓인 보호자용 의자에 앉는다. 그리고 리친은 말없이 아들 뒤에 서 있다.

현재 L 씨는 잘 치료가 되어 정신증상은 없고 약만 잘 유지하면 된다. 대학까지 다닌 그는 비록 눈은 안 보이지만 지적 수준이 있고 리친에 대하는 것이 사려가 있는 것 같다. 그러나 촌 노인 시어머니는 항상 무뚝뚝한 표정이다.

요새 진료실에서 다양한 나라의 여인들을 쉽게 만날 수 있다. 얼핏 생각해 봐도 태국, 베트남, 연변 한인, 한족, 필리핀 등 참 다양하다. 그들이 한국에 오는 과정을 들으면 대부분 말이 국제결혼이지, 경제적 동기에 의해 일방적인 선택으로 한국에 오게 된다. 상대 남자들은 거의 국내에선 배우자를 쉽게 구하지 못하는 열악한 조건과 환경의 사람들이다.

그들의 결혼 과정을 자세히 듣다 보면 시집오는 여자들이 참 안 됐다 싶기도 하고, 어떤 경우는 우리나라 사람들이 나쁘다는 생각까지 들 때가 있다. 부당한 대우를 받기도 하고, 적응하지 못하여 파경에 이르거나, 오도 가도 못하는 상태가 되어 불행한 삶을 이어가기도 하고, 심지어 자살 사건이 일어나기도 한다. 물론 그 반대의 위장 사기 결혼 같은 경우도 있다.

어쨌든 리친도 그렇게 악조건의 환경으로 시집을 왔다. 혼자된 시어머니, 시력장애 남편, 두 살배기 혼혈 아이, 만삭의 이국의 여자, 밭 몇 뙈기의 가난한 살림. 무엇 때문에 한국에 와서 저 고생을 할까 생각이 들기도 하고 사람 팔자 도대체 모르겠다 싶은데, 세 식구가 보여주는 진료실 풍광이 아주 평화롭게 느껴지는 이유는 무엇일까? 항상 웃고 있고 포용력 있어 보이는 그녀! 두말할 것 없이 리친 그녀의 힘이고, 그래서 필자는 '필리핀산 행복'이라 명명해 본다.

한국 사람들끼리건 국제결혼이건 행복에 이르는 길은 똑같을 것이다. 상대 감정을 읽고 그것을 따듯이 포용할 때 평안하다. 이렇게 배려하는 사람들의 눈높이는 항상 낮추어져 있고 겸손하다. 상대의 바람과 아픔을 알기에 자신의 지나친 주장이나 욕심을 부리지 않는다. 이런 배려가 다시 자신에 대한 배려로 돌아올 때 거기엔 자연히 웃음꽃이 핀다. 그 웃음이 넘치는 일상이 지속될 때 우리는 행복감을 느낀다.

아마도 리친이 그런 역할을 하는 것 같다. 항상 빙긋이 웃고 있는 그녀, 이제 외국의 여자가 아닌 대한민국의 며느리이자 엄마이고 아내인 그녀에게 힘찬 박수를 보내고 싶다.

처방전

도망가는 국제결혼 여성들: 국제결혼 초기에 이국의 여성들은 팔려오다시피 하였고 많은 경우, 힘들어도 참으며 살았습니다. 그러나 요새는 숫자가 많아지며 자국인끼리의 단체가 있고 정보교환도 합니다. 그리고 힘들다 싶으면 예전처럼 참으며 살지 않습니다. 얼마 전 우리 병원에서 치료받는 환자가 필리핀 여성과 결혼을 했는데, 한국에 온 지 얼마 안 되어 사준 핸드폰과 패물만 남기고 온데간데없이 사라져서 환자가 너무나 힘들어하는 것을 보았습니다. 국제결혼의 풍속도도 많이 변해가고 있습니다.

29. 죽지도 못하는 여자

남편이 집에 안 들어오면 마음이 편해요. 집에 있으면 시한폭탄 같아서 언제 터질지 몰라 불안해요. 자기는 무슨 짓을 해도 다 괜찮고 자신에겐 아주 관대해요. 날마다 술이고 외도인데 되레 나를 의심해요. 내가 누구와 얘기하는 것도 못하게 하고 내가 집 밖에 나가는 것을 싫어해 못 나가요. 병원에 오는 것조차 어렵고 길게 면담도 못 해요. 아마 지금도 밖에 차 안에서 시간을 재고 있을 거예요. 제 유일한 낙은 책 읽고 담배 피우는 건데, 이것마저 없으면 아마 못 살 거예요. 툭하면 화를 내고 손찌검이어서 팔이 부러진 것이 벌써 몇 번이고 머리가 터진 적은 부지기숩니다. 애들도 제발 바보같이 살지 말고 이혼을 하라고 하는데, 어디 이혼해 줄 사람인가요? 도망갈 수도 없어요. 내가 도망가면 우리 부모를 다 죽이고 집을 불질러버린대요. 그렇다고 죽을 수도 없고……. 내가 죽으면 우리 엄마 아빠가 생병이 나서 아마 돌아가실 거예요. 내일은 친정에 갔다 오라네요. 집으로 여자를 데리고 올 모양입니다. 나 있어도 수시로 데리고 와서 자고 가요. 그 여자도 참 대단하지요?

그런데 사람들은 이런 사실을 모른단다. 누가 옆에 있으면 목소리까지 바꾸어 전화기를 들고 '부인님, 부인님' 한다고 한다. 그러다 보니 사람들은 그런 사람과 사니 얼마나 좋으냐고 한단다. 자신은 언제까지 견뎌야 할지 모르겠고, 하루에도 수없이 아파트에서 뛰어내리고 싶단다.

M 씨, 그녀는 진짜 환자가 아니다. 단지 희생자일 뿐으로, 한 세월 신경안정제와 항우울제에 의지하며 하루하루 간신히 건너는 중이다. 진짜 환자인 남편은 버젓이 사장으로 행세하고 남에게 좋은 사람 평가를 받고 있다.

그는 충동 조절이 안 되어 시도 때도 없이 폭력을 휘두르며 잔인하고, 다른 사람 앞에서는 가소롭게도 잘하는 체 가장한다. 그리고 정신병자나 사용하는 투사(Projection) 방어기제를 사용하여 '내가 만나는 여자가 그러니 너도 그럴 거다' 라는 식으로, 자신은 별짓 다 하면서 되레 와이프를 의심한다. 그리고 그는 자존감이 낮아 혹 M 씨가 남에게 나쁜 소리를 하지 않을까 철저히 상대를 고립시키고 있다.

어찌 보면 남편 그도 참 딱한 사람이다. 성격장애랄 것도 없고 성격부재(性格不在)라는 말이 맞을 것이다. 구태여 그의 성격을 분석한다면, 본능과 현실 자아는 비대하지만 양심 등의 초자아 발달은 너무 빈약하다. 그래서 꿈틀대는 충동적 본능만 강하고, 현실적인 이재와 약삭빠름만 키워진 천박한 자아, 그리고 누구의 시선만 피하면 되는 살얼음판 같은 초자아 소유자다.

성격장애는 이렇게 무섭다. 밖으로 노출되지 않지만, 소리 없는 폭력이 가해진다. 그 가족과 주위 사람들은 고사(枯死) 직전에 있다. 정신과 질병 중에 주위 사람들을 가장 힘들게 하는 질환은 아마도 성격장애일 것이다. 환상이나 망상이 심한 조현병은 차라리 약물에 반응이라도 좋다. 그러나 성격장애는 치료에 있어 협조도 잘 안 되고 약물로도 치료할 수 있는 병이 아니다.

그런 성격장애자라는 사람들은 절대로 이상하게 생긴 사람이 아니다. 의외로 집 밖에선 '그렇게 좋은 사람이 없다', '그런 사람하고 사는 당신은 행복하겠다'는 평가를 받는 사람이 많다. 어쩌면 모든 사람에게 너무 좋게만 평가되는 사람은 의외로 위험한 사람일 수 있다. 모든 사람에게 좋으려면 항상 남을 의식하여 참고 밑지는 장사를 해야 한다. 그렇게 하다 보면 공격성은 고스란히 마음속에 쌓이고, 그 쌓인 공격성의 탈출구의 대상이 진짜 소중한 가족인 경우가 많다. 참으로 어리석고 딱한 노릇이다. 가족은 잘하나 못하나 흉허물이 덮어지니 그런 나쁜 행동이 습관화되고 엉뚱하게도 가족들은 화풀이 대상으로 전락되고 만다.

M 씨의 오늘 면담은 그래도 긴 편이다. 대기 환자가 많아 시간이 지체되는 날은 병원 밖 차에서 기다리는 남편에게 한 소리 들을까 봐 초조해져 약만 처방받아 허겁지겁 병원 문을 나선다. 이런 남자와 평생을 같이 살아야 한다니. 그녀가 진료실에 들어오면 으레 나는 크리넥스 휴지통을 밀어주고, '오늘 면담 시간이 돼요?' 하고 묻는다. 시간이 허락되는 날은 지금까지 해온 남편에 대한 말을 반복하며 정말 하염없이 울다 간다. 그녀에게 내가 무엇을 해 줄 수 있는가? M 씨와 같은 환자를 진료실에서 대하다 보면 정신건강의학과 의사인 나 자신도 재해를 입는다. 이런 환자를 보고 나면 그냥 우울해진다. 그럴 때 나의 자가 처방은 정종 한 잔! 겨우 나를 추슬러 골목길을 허허롭게 걸으며 혼자 중얼거린다. 여기 죽지 못하는 여자가 있다고.

처방전

성격장애는 대물림됩니다. M 씨의 남편은 왜 이런 사람이 되었을까요? M 환자의 시아버지, 즉 남편의 아버지는 지금의 남편과 똑같았다고 합니다. 허구한 날 술주정에 노름에 어머니를 구타했다고 합니다. 그러다 보니 그의 성격도 똑바로 형성될 수가 없었고, 어쩌면 그도 대물림의 희생자인 셈입니다. 성격은 충분한 사랑과 관심을 받고 자라야만 균형 있게 형성됩니다. 본능을 현실에 맞게 조절하는 것이 자아(Ego)고, 그 자아가 사회와 조화를 이루게 하는 것이 초자아(Super - Ego)입니다. 초자아나 자아 모두 부모의 사랑을 받기 위한 노력에서 출발합니다.

30. 스토커(Stalker)를 만나면?

N 씨가 딸 문제로 힘들어하며 우리 병원을 방문한 지가 벌써 삼 년째다. 딸은 30대 후반, 결혼하지 않고 혼자 살았다. 한 남자가 그녀에게 접근해 왔다. 자신을 미혼이라 소개했는데 후에 알고 보니 그 남자는 딸이 둘이나 있는 유부남이었다.

남의 가정 파탄 낼 생각 없으니 그만 만나자고 했다. 그러나 그는 막무가내로 자신이 이혼할 테니 결혼하자며 따라다녔다. 전화를 수시로 했고 안 받으면 집 앞 또는 직장 주위에서 그녀를 기다렸다. 그러지 말라고 달래도 보고, 어떤 때는 화를 내봤으나 소용이 없었다. 결국, 그녀는 직장까지 그만두고 부모가 있는 시골로 내려왔다. 그런데 어떻게 알았는지 쫓아 내려와서 계속 괴롭혔다.

그래서 서울로 다시 올라가서 전화도 끊고 숨어 지냈다. 그랬더니 그 남자는 당사자에게 전화가 안 되니 대신 혼자 사는 어머니에게 수시로 전화를 했다.

그 어머니는 전화를 받기가 겁나게 되었고, 그러다 보니 가끔 시골집까지 직접 내려와 떼를 쓰며 딸의 거처를 가르쳐 달라며 행패를 부렸다. 보다 못한 N 씨 아들이 나서서 야단을 치고 고소한다고 위협을 했으나 그는 막무가내였다. 오히려 아들에게도 수시로 전화를 걸어서 행방을 물어대는 통에 아들의 핸드폰 번호까지 바꾸어야 했다.

그가 시골집에 내려와 진을 칠 때면 무섭고 막무가내여서 경찰을 불렀으나 경찰들은 와서 훈계나 할 뿐 그들도 뾰족한 수가 없었다. 경찰들이 보기에도 딱해서 자신들도 어쩔 수가 없으니 고소를 하라고 했다. 그러나 혹여 딸에게 해코지할까 봐 그러지도 못하고 있단다.

소위 말하는 스토커다. 스토커는 '몰래 접근한다', '미행을 한다'라는 뜻의 영어 'stalk'에서 유래된 말이다.

스토커는 본인이 일방적으로 관심 있는 상대를 병적으로 쫓아다니는 사람으로, 그런 행위를 스토킹(Stalking)이라고 한다. 미국에서는 여성 55%, 남성 48%가 경찰에 신고하지만 우리나라는 젊은 여성 1.8%만이 경찰에 신고하고 1.5%가 상담 경험이 있단다.

대개는 남성이 여성을 스토킹(Stalking)하게 되고, 스토킹을 당하면 어떤 여성은 '나를 너무 사랑하나 보다' 라고 생각하고 결혼까지 하는 경우도 있다. 그러나 스토킹은 절대 사랑이 아니다.

분명 싫다는 의사 표시를 했지만 제멋대로 생각하며 일방적으로 쫓아다닌다. 안 만나주는 것을 자신을 무시하는 것으로 생각하며 막무가내다. 이것이 스토커들의 병리이며 특징이다.

스토커들은 자신이 좋아하는 상대를 알게 되면서부터 자신의 소유라고 생각하고, 마음대로 하고 싶다는 충동에 사로잡힌다. 그리고 그 상대에게 자신이 성의를 보였는데 무시를 하면 그것은 있을 수 없는 일이라며 분노하기도 하고 상대방을 괴롭힘으로써 보상을 받으려 한다.

그리고 상대방과 자신의 삶을 동일하게 생각해 더욱 집착하며 터무니없게도 자신과의 인연은 그냥 스쳐 지나가는 사이가 아니라 언젠가는 다시 만날 수밖에 없는 필연으로 생각한다.

또, 보통 상대의 알 수 없는 것까지 알아야 한다고 생각하고 꼭 알아내야만 직성이 풀린다. 그리고 사소한 말이나 상황에서도 무시당한다는 생각을 자주 하고 엉뚱하게도 복수를 생각하는 특징을 가지고 있다.

한 마디로 스토커는 자아(Ego)가 미성숙한 사람이다. 자아의 기본기능인 자기 생각과 현실마저 구별을 못 하고 혼동하는 것이다. 그리고 현실을 제멋대로 왜곡하여 임의로 받아들이고 자기 생각과 다르면 엉뚱하게 분노반응을 보이며 복수를 꿈꾼다. 이러니 설득을 할 수가 없고, 야단치거나 화내는 것마저 아랑곳하지 않는다. 오히려 이를 관심의 표현으로 생각해 버리기 일쑤다.

환자의 예에서도 스토커는 N 씨의 딸이 그렇게 싫어하며 넌더리를 쳐도 그 남자는 '속마음은 그렇지 않을 거다' 라는 식이다.

스토킹의 유형은 다양하다. ① 끈질기게 전화를 걸어 구애를 하거나 음란한 말을 해온다. ② 계속적으로 따라다닌다. ③ 미행을 한다. ④ 집 또는 직장 앞에서 언제나 기다리고 있다. ⑤ 치근거리거나 갑자기 달려들어 껴안는다. ⑥ 선물 공세를 편다. ⑦ 예외적으로는 폭행을 하거나 감금을 한다.

당신도 이런 경험이 있으신지. 이런 스토커엔 어떻게 대처해야 할까? 다시 말하지만, 스토커는 자아가 성숙되지 않는 사람이니 말이 통할 리 없다. 미성숙한 이들에겐 어린애 다루듯 할 수밖에 없다. 처음부터 제멋대로 받아들여 오해를 하지 않도록 남에게 지나치게 호의를 베풀지 말아야 하고, 아주 단호할 필요가 있다. 그러나 또 너무 단호하면 자신을 무시한다고 복수를 꿈꾸게 되니까 자존심을 건드리지 않도록 조심해야 한다.

최근에 들은 얘긴데, 기어이 N 씨에게 달려들어 상해를 입혔고, 마침내 고소해서 구치소에 수감중이란다. 이렇게 강하게 나가니 이미 출소했을 텐데 그 후론 연락이 없단다. 그러나 N 씨의 어머니는 그 때문에 마음의 병을 얻어 지금도 우리 병원 치료를 받고 있다.

처방전

누군가를 떠나보내는 일은 성숙한 사람만이 가능합니다. 미성숙한 사람은 이별다운 이별을 할 능력이 없습니다. 그래서 누구와의 헤어짐을 두려워하고, 그 대상에 계속 집착하게 됩니다.

31. 술만 먹으면 180도 달라지는 사나이

O 씨의 아내가 연신 눈물을 훔친다. "도대체 이해를 못 하겠어요. 술만 좀 먹었다 하면 돌변하니, 옛날에 섭섭했던 일들을 다 끄집어내 욕을 하고 싸움을 걸어요. 그리고 그 사람 사는 게 참 답답해 죽겠어요. 막상 술을 안 먹으면 누구 앞에선 말도 못하고 남이 뭐라면 뒤에서 구시렁구시렁, 통 남자답지 못해요. 그러다 잊을만하면 술 먹고 난리를 피우니 회사에서도 쫓겨날 것 같아요."

전형적인 피동적 공격성 성격이다. 이런 사람들은 자신이 화가 나거나 불만스러운 점을 술김에 폭발시키곤 한다. 그리고 고의적으로 일을 미루거나 의도적으로 게으름을 피우며, 뒤에서 불평을 잘하고 푸념을 늘어놓는다.

아마 주위에서 문제의 환자와 같이 술만 먹으면 백팔십도 돌변하는 사람을 보았을 것이다. 이 사람들 모두가 반드시 피동적 공격성 성격 장애는 아니지만 그럴 확률이 높다. 피동적 공격성 성격 장애는 평상시 남에게 싫은 소리는 물론이고 일상적 주장도 잘 못한다. 당연히 마음속에는 불만들이 마치 소화 안 된 음식처럼 쌓여 있다가 취기가 어느 정도 선(線)을 넘어 자아가 약해지면 그 동안 못한 말을 다 쏟아놓으며 공격적이 된다.

그의 말이 설령 옳다고 해도, 이런 일이 반복되면 사람들에게 그것이 정당화되고 좋게 받아들여질 리 없다. 그러다 보면 기피 대상이 되고 스스로도 점점 자존심이 낮아진다. 그러면 더욱더 자신을 표현 못하게 되고, 더 많은 것들이 억제되어서 악순환이 반복된다.

왜 이런 일이 반복될까? 이런 사람들은 자기표현을 못 하는 환경에서 자란 경우가 많다. '내가 말하면 받아들여질까?' '혹 거절하면 어쩌나?' 하는 불안과 두려움이 항상 내재되어 있고, 그래서 자신을 표현하거나 주장하는 것은 쉽지가 않다.

프로이트는 식욕 성욕 수면욕 3대 기본 본능에, 공격욕(Aggressive instincts)을 추가했다. 공격욕이란 자기를 남에게 주장하고 표현하고 싶은 욕구다. 모든 본능은 충족되지 못하면 심리적 긴장을 일으킨다. 이 심리적 긴장이 바로 스트레스다.

공격성 욕구도 마찬가진데, 적절히 표현하지 못하고 마냥 억제된다면 마음속에 쌓인 공격성은 심리적 긴장을 일으키고 어딘가로 탈출구를 찾아야 한다. 이는 꼭 에너지 불변의 법칙과 같아서 엉뚱한 곳에서 폭발한다.

'이제는 절대 다시 술을 안 먹겠다!' 자신도 다짐해 보지만 번번이 허사다. 이런 사람들을 보면서 이런 생각이 들곤 한다. '이렇게라도 터뜨리지 않으면 아마 스스로 폭발하리라. 술김에라도 자신을 표현하니 그나마 살아갈 수 있으리라.'

이런 사람들을 어떻게 변화시키고 치료할 수 있을까? 당연히 '그 자신'을 표현할 수 있게 해주어야 한다. 그러나 '그 자신'이라는 것은 '지금의 나이 든 그'가 아니다. 어렸을 때 자신을 표현했다가 상처를 입은 무의식 속의 '어린 그'이다. 어른이 된 지금도 그 아이는 잔뜩 겁에 질려 있는 것이다.

그렇다면 어떻게 할까? 당연히 어린 그가, '아! 내가 이런 말을 해도 되는구나!' '이럴 때는 이렇게 해야지!' 하는 자신감을 갖도록 용기를 주어야 하고, 그러려면 주위 사람들은 부단한 노력과 기다림이 필요하다. 그 '어린아이'는 조그만 거절이나 부정의 낌새에도 금세 다시 움츠러든다. 그래서 흔히 치료는 번번이 실패로 돌아가고 면담치료가 진행되다가 어느 날 말도 없이 오지 않는다. 이런 행태도 그가 할 수 있는, 또 지금까지 습관화된 수동적 표현 방법이다.

여자가 결혼상대로 남자를 선택할 때 가장 조심해야 할 성격은 어떤 것일까? 나는 주저 없이 피동적 공격성 성격을 꼽겠다. 이 성격의 소유자는 평상시에는 얌전하고 남 앞에선 말도 잘 못하고 착하게만 보인다. 그러나 이런 면에 반해 결혼을 결정한다면, 그 사람은 아주 깊은 함정에 빠지고

마는 것이다. 어쩌면 이 성격을 골라내기 위해서는 당사자나 부모 등 대리인이 결혼을 결정하기 전에 한 차례쯤 술을 아주 많이 마시게 하여 취한 상태에서 표출되는 그 사람의 숨은 성격을 살펴볼 필요도 있다.

처방전

잘 형성된 자아는 본능과 현실, 그리고 이상(초자아, 양심 도덕)의 균형을 잡는 조절자 역할을 합니다. 그러나 자아 형성이 안 되었거나 이상하게 형성된 사람은 자아의 조절자 역할에 문제가 생기게 됩니다. 너무 본능적이거나 너무 현실적, 아니면 너무 이상만 추구하거나, 왔다갔다 한다면 주위의 반응이 어떨까요? 당연히 좋을 리가 없겠지요. 그리고 본인도 만족스럽지 못할 것입니다. 이런 상태에선 자존감이 좋을 수 없습니다. 그러면 남의 평가에 예민하고 괜한 자존심만 내세우는 사람이 될 것입니다.

5

장애와 통증 사이

— 내가 혹시 이런 병에 걸린 것은 아닐까?

32. 애착 장애— 중독으로 들어가는 문

보리는 우리 집 강아지이다. 보더 콜리 블루 멀 순종 암놈이다. 10살이고 아주 영리하다. 보리는 이 소장(강아지를 분양해 준 사람)이 친구에게 주었는데, 개를 잘 보살피지 않았다. 그래서 이 소장은 우리가 강아지 한 마리 더 구해 달라 했더니 보리를 다시 뺏어다 우리에게 주었다. 이것이 보리와 우리와의 첫 만남이었다. 1년 정도 다른 집에서 생활했던 보리는 안쓰러울 정도로 삐쩍 말랐으며, 귀여움은 커녕 구박만 받았던 것 같다. 보리의 심리 상태는 너무 이상했고 우리 집에 오는 날부터 문젯거리가 되었다. 사람을 보면 슬슬 피하고 오라고 부르면 올까 말까 망설이고, 다가가면 도망가 정원의 나무 밑으로 숨어 바짝 웅크리고 어떻게 될 것처럼 바들바들 떨었다. 게다가 집에도 들어가지 않으려 했다. 그래서 앞발을 잡고 두발 걸음으로 개집으로 데려가야 했다. 그리고 조그만 소리에도 놀라서 착 엎드리는 경계 모드였다.

보리가 겪은 것은 일종의 애착 장애(Attachment disorder)다. 똑같지는 않겠지만, 사람에 있어서의 애착 과정을 참고로 살펴보자.

인간의 심리발달에 가장 중요한 기간은 5세 이전의 어릴 때다. 이 중에서 특히 제일 중요한 시기는 유아기이고 이는 동물에서도 마찬가지일 것이다. 유아기에는 자신과 세상에 기본적 믿음(Basic trust)이 형성(~1.5세까지)되며, 이 '기본적 믿음'을 바탕으로 다음 성장단계로 넘어갈 수 있다. 인간에게 가장 안락한 곳은 엄마의 태반 속이라 한다. 그러나 출생을 통해 그 안락함은 깨어지게 되는데, 그래서 프로이트는 태어나는 것 자체가 하나의 심리적 상처라고 했다. 이렇게 출생이란 첫 상처를 겪으며 세상으로 처음 나온 유아는 불안정할 수밖에 없고, 모든 것을 남에 의존해야 하는 수동적 상태에 놓이게 된다.

이때 유아에게 구세주가 나타나는데, 바로 '아기를 돌보는 사람'으로 대게의 경우 '엄마'다. 아기가 세상에 나와 처음 관계를 맺는 대상이다. 처음 태어난 아기는 자신과 다른 대상을 구별하지 못한다. 그냥 아기는 잠만 잔다. 그러다 시간이 지나며, 어렴풋이 자기를 보살펴 주는 '누구'인 대상이 있다는 것을 알게 되며 애착 반응이 시작된다.

유아는 수동적일 수밖에 없고, 자신이 할 수 있는 것은 오로지 생리적 욕구를 표현할 수 있을 뿐이다. 배고프다 울고, 기저귀가 척척하다 울고, 뭐든 불편하기만 하면 운다. 그러나 대부분의 엄마들은 헌신적이어서 그 요구를 '전적'으로 받아준다. 그런데 이 '전적인 받아들여짐'은 유아의 정신적 발달에 너무나 중요하다. 이 어린 왕 같은 '전적으로 받아들여짐'의 경험을 통해서 자신과 세상에 대한 '믿음'이 생기기 시작하기 때문이다. '아, 내가 우니까 젖을 주네', 더 나아가 '나는 중요한 사람이구나!,' '세상은 재미있어','나는 할 수 있어', 이렇게 점차 자신과 세상에 대한 믿음을 조금씩 발전시켜 나간다.

이렇게 경험한 '전적으로 받아들여짐'의 유아기 경험은 심리적 성장에 필수적이다. 이때 느낀 안락함은 내면화가 되어, 어른이 되어서도 '편암함의 원형(Secure base)'이 된다. 그래서 사람들은 커서도 이때를 그리워하고, 힘들 때마다 "아이고 어머니!" 하며 그때의 헌신적 대상을 찾는다.

유아기의 '전적인 받아들여짐의 경험'은 자신이 힘들 때마다 돌아갈 수 있는 심리적 기본 바탕(Secure base)이 되고, 또 힘든 상황을 견디게 하는 힘이 된다. 항상 사람들이 갈망하는 '사랑'이라는 것도 유아기 때의 엄마와 합일된 그 상태를 다시 현재에 재현하고 싶은 욕망에서 비롯된다고 할 수 있을 것이다.

어쨌든 '전적으로 받아들여짐'의 경험을 통해 '세상에 대한 믿음'이 싹트고, 그 '믿음'을 바탕으로 '애착하는 대상'이 생기며, 그 '애착 대상'을 자기 마음속에 내재화해, '친밀감'이 형성된다. 그리고 자신에 대한 믿음인 '자존감'과 세상에 대한 믿음인 '자신감'이 생겨, 혼자서도 편안하고 외롭지 않은 독립체가 된다.

보리를 데리고 같이 산책을 했다. 아침 출근 전, 집 뒤 산등성이를 따라 마을에서 만든 산책로를 걸었다. 이 길은 만들어만 놓고 아무도 다니지 않아 나는 이 길을 나의 '시크릿 로드'라 부른다. 나는 비가 많이 오는 날 빼놓고 거의 빠지지 않고 보리와 시크릿 로드를 걸었다. 지금은 보리의 상태가 많이 좋아져, 나나 집사람, 가끔 우리가 없을 때 돌봐주는 친구와도 반갑다고 꼬리를 흔들며 아주 활동적이다. 지금은 내 뒤만 슬슬 따라오다가 내가 돌아서면 착 엎드리던 그 보리가 아니다. 저만치 달려가 주위에 냄새도 맡고 산속 소리에도 귀 기울이며, 고라니가 나타나면 달려가기도 한다. 이렇게 되기까지의 과정은 참 힘들었고, 지금은 어엿한 우리 집 식구가 되었다.

보리가 우리 집에 와서 사람과 그리고 주위 환경에 믿음이 생기고 친밀해져 가는 과정은, 어릴 때 생긴 도저히 믿지 못하는 그 경계의 눈초리를 거둬내는 과정이라 할 수 있을 것이다. 우리 집 식구들의 따뜻한 보살핌과 스킨십, 그리고 산책을 통해서 보리는 서서히 변해 갔다.

보리가 우리 집에 와서 잘못된 유아기를 다시 겪으며 그 상태에 고착된 심리발달을 다시 시작한 것이다.

그 과정은 ['아마도 칭찬해 주지 않을 거야!'를 → 틀림없이 나를 칭찬해 줄 거야]로, ['아마도 내가 하는 행동을 인정해 주지 않을 거야.'를 → 틀림 없이 내 행동을 인정해 줄 거야]로 바꾸어 가는 것이었다.

나는 산책을 같이 하며 보리가 변화되는 과정을 육아일기 쓰듯 적었다. 그 변화되는 상황을 지켜보는 것은 긴 인내가 필요했고, 지금은 참 많이 변화된 보리를 보며 흐뭇함을 느낀다. 누가 그랬다. 사랑은 시간을 투자하는 것이라고.

현재 우리나라의 이혼율은 OECD 중에 상위에 속한다. 이 와중에 문제가 되는 것이 아이들이고, 육아는 방치되어 보리와 같은 아이들이 양성되고 있다. 앞에서 설명했듯이 유아기에 경험한 전적인 사랑과 믿음(Basic trust)은 살아가며 인생의 전 구간에 정신의 안정과 평화, 나아가 행복에 필수적인 요건이 된다.

따라서 어릴 때 방치된 아이들은 애착 장애를 앓게 된다. 그 잘못된 애착의 대표적인 것이 중독이다. 알코올 중독, 인터넷 중독, 마약 중독. 그런데 이 중독의 대상이 되는 것만을 마냥 탓할 수만은 없다. 애착 대상이 없는 아이들이 유일하게 기댈 수 있는 것이기 때문이다. 이야기할 친구도 없고 불안하기만 한 세상에서 인터넷 중독의 아이에게서 무턱대고 컴퓨터를 뺏는 것은 너무 잔인한 것이다.

현재 우리나라엔 정말로 인터넷 중독에 빠진 아이들이 많다. 이는 애착 장애를 앓고 있는 것이고, 우리 사회가 만들어낸 낸 걸작품(?)이다. 막무가내로 그런 아이들을 탓만 할 것이 아니라 잘못된 애착 과정을 다시 시작할 수 있는 관심과 사랑, 그리고 인내가 필요하다. 그래야 아이들을 인터넷 스페이스에서 현실세계로 돌아오게 될 것이다.

처방전

애착(Attachment)이란 '양육자나 특별한 사회적 대상과 형성하는 친밀한 정서적 관계'를 말합니다. 이런 친밀한 관계의 경험이 온 세상으로 확대되며 다른 사람을 좋아하고 친밀한 관계를 맺을 수 있게 됩니다. 그런데 한 번도 애착의 경험이 없다면 어떻게 될까요? 어느 누구와 친밀한 관계를 잘 맺지 못할 것입니다. 항상 혼자가 되고, 외롭고, 모든 관계가 불안합니다. 이런 사람들의 탈출구가 바로 중독입니다. 자기가 언제든지 취소할 수 있는 임의로 조절 가능한 가상공간에 집착해 인터넷 중독자가 된다든지, 지루한 시간을 벗어나려 도박, 마약, 술, 섹스 등 강렬한 자극을 갈구하는 사람이 됩니다.

33. 경계가 많은 사람들

키가 180cm는 되어 보이는데 너무 말랐다. 그는 위장 장애를 호소한다. 정신건강의학과 의사 노릇을 30년 하다 보니, 이젠 진료실에 들어서는 환자의 얼굴과 태도를 보면 대충 그 사람 성격을 알게 되었다.

T : 뭐 시작하면 끝장을 보셔야지요?

P : 어떻게 아세요.

T : 뭐든 하려면 한참 전부터 걱정을 하시죠?

P : 그건 또 어떻게.

T : 아마도 남의 돈을 빌리고 갚지 않으면 아저씨가 안달 나서 못 살 겁니다. 그래서 도리에 어긋나는 일을 하시면 스스로 못 견디시지요.

P : 나 참. 다 아시네.

그는 어떻게 아느냐며, 차라리 돗자리를 피라며 의아해한다.

소위 이런 사람들이 강박증 성격이다. 이런 사람들을 접하다 보면 '어떻게 그럴 수 있어?'라는 말을 참 습관적으로 쓴다. 한 마디로 자기 틀에 갇혀 있는 사람이다.

불가(佛家)의 유식(唯識) 용어로 말하면 경계(境界)가 아주 많은 사람들이다. '이것은 이래야 하고 저것은 저래야 하고', 자신이 규정한 틀 속에 세상을 집어넣고서야 직성이 풀리는 사람들이다.

그렇게 하지 않으면 뭔가 안 될 것 같고 불안하다. 그러나 세상은 결코 자기 생각대로 되지 않고, 당연히 마음이 분열되고 항상 바쁘다. 뭐는 어떻고 뭐는 어떻고, 세상 돌아가는 모든 일을 사사건건 분별(分別)의 시선으로 바라본다.

어디 가나 이런 사람들은 있다. 마음의 경계가 많아 그 경계에 걸리는 것이 많으니 자연히 생각이나 말이 많을 수밖에 없다. 그래서 이런 사람과 목욕탕에 삼십 분만 같이 있으면 이 소도시의 세상사(世上事)는 거의 다 알 수 있다. 또 이들은 특징적으로 대화 도중에 앞에서 말한 대로 자기 생각과 조금만 다르면 '어떻게 그럴 수 있느냐?'는 말을 아주 많이, 자주, 습관적으로 쓴다.

이런 사람들을 만나면 한 마디로 갑갑하다. '지금 나는 그의 경계의 잣대에 어떻게 분별되어 규정되고 있는가?' 또 '지금 그에 비치는 나의 행동은 어떤가?' 궁금하기도 하고, 그러다 보면 그들을 대할 때 자연히 움츠러들게 되어 마음 탁 터놓고 깊은 얘기를 할 수 없게 된다. 어쩌다가 계속되는 그의 말에 대해 다른 시각으로 말을 할라치면, "에이 그럴 리가 있어요?" 한다.

도대체 말의 씨가 먹히지 않고, 그의 좁은 창을 비집고 들어갈 구석이 없다. 이런 사람을 대하는 방법은 그의 말을 마냥 듣는 것이고, 그의 경계(境界)의 시선에 갑갑하게 갇혀 '그런가?' '그럴 수도 있겠다' 할 수밖에 없다. 그렇게 하지 않으면 그 사람에게 당신은 바로 이상한 사람이 되고, 당신에게 흥미를 잃을 것이며, 종국에는 당신 곁을 떠날 것이다.

이런 사람은 참 불쌍하다. 수없이 많은 자잘한 경계에 갇혀 그 경계를 벗어나질 못하니 말이다. 그 경계를 조금만 벗어날라치면 도대체 이해를 못 한다. 이렇다 보니 그들 마음속은 항상 긴장이 있을 수밖에 없고 편할 날이 없고 시끄럽고 불안하다. 그래서 불가의 유식학에서는 '경계=번뇌(境界=煩惱)'라 한다.

그들은 왜 이런 경계를 갖게 되었을까? 그것은 어려서 충분한 사랑을 못 받았기 때문이다. 어떤 행동을 했을 때 사사건건 비난을 받는다면, 그것도 부당한 야단을 맞는다면 어떻겠는가? 아이의 머리는 복잡해질 수밖에 없고, 오로지 믿을 것은 자신뿐이라는 생각을 할 것이다. 따라서 '이것은 이래야 하고 저것은 저래야 하는' 식의 자신만의 선택과 가치 기준을 노하우로 간직할 수밖에 없다. 또 자신이 직접 확인한 것만을 믿는다. 그리고 자신의 생각에 맞지 않으면 대뜸 의심의 눈초리로 쳐다본다. 즉 그들은 자신이 안전하다고 생각하고 확인한 것만을 고집하는 경험론자고 유물론자다.

나는 이런 사람들을 만나면 이렇게 얘기하고 싶다. '뭐 그럴 수 있는 것 아니냐?' '뭐 그럴 수도 있지 않으냐?' 이 말은 참으로 큰 말이다. 세상에 대해 소소한 규정된 틀이 분별의 눈이 아니라, 탁 트인 열린 마음의 소유자만이 쓸 수 있는 큰 말이다. 이런 열린 마음으로 바라보는 세상은 더 이상 분별의 대상이 아니다. 있는 그대로 받아들이고, 경계의 시선으로 시시비비의 흠집 없이 온전하게 존재할 수 있다.

그래서 이런 사람과 같이 있으면 그냥 편안하다. 굳이 설명이 필요치 않고 모든 것이 포용되고 안온하다. 그래서 오래 같이 있어도 전혀 불편하지 않으며, 아니 오래오래 같이 있고 싶어진다. 당신이 힘들 때, 너무나 힘들고 부끄러울 때 '뭐 그럴 수 있지 뭘 그래?' 이런 말을 할 수 있는 친구가 있다면 당신은 이미 부자다. 이런 열린 마음이라면 이 세상 모든 것이 이해 안 될 것이 없다. 아무리 흉악범이라도 이해할 수 있을 것이며 그의 처지가 불쌍해 그의 손을 가만히 잡아줄 수 있는 사람이다.

이 큰 세상을 자신의 조그만 틀 속에 집어넣으려면 얼마나 힘들겠는가? 그것이 안 되니 얼마나 불안하고 스트레스를 받겠는가? 시시비비의 말은 그가 지르는 비명소리에 다름 아니다. 그의 틀, 경계 속에 들여놓지 못한 세상 모든 것이 영 불안하다는 하소연이다. 이런 사람이 성장할 때 온전히 누군가에게 받아들여지고 그의 행동과 생각이 존중받았다면, 이것은 이렇고 저것은 저렇고 하는 나름의 꼼수를 가질 필요가 없었을 것이다.

이것이 안 되면 그 차선책으로 저것을 택하면 된다. 또 오늘 안 되면 내일 하면 될 일이다. 그런데 그들은 그렇지 못했기 때문에 '어떻게 그럴 수 있느냐?' 하며 강박적으로 외쳐댄다. 개성주의 사회에서는 모든 사람에게 통하는 진리는 없다. 단지 자신이 선택한 것이 있을 뿐이다. 그 자신이 선택한 것을 지나치게 주장한다는 것은 어불성설이며, 아주 예의가 없는 사람이다.

처방전

당신이 경계를 하나 내려놓는다면 당신은 그만큼 넓어집니다. 세상 모든 것이 그럴 수 있습니다

34. 공황 장애— 숨 막히는 두려움

조그만 출판사 사장인 P. 만원 버스를 타고 가는데 갑자기 가슴이 조이며 심장이 뛰고 꼭 죽을 것 같았다. 응급실로 가서 심전도도 찍고 여러 검사를 받았지만 아무 이상이 없었다. 그래서 그는 '공기가 나쁜 만원 버스를 타서 그렇구나!'라고 생각했다 한다.

그 후부터 그는 버스 타기를 두려워했고 택시를 타고 다녔다. 한동안 괜찮았다. 그런데 또 증상이 왔고, 이번에 환자는 '아 좁은 공간의 차만 타면 그렇구나!'라고 생각했다. 그 후 그는 집과 출판사가 거리가 멀었지만 걸어 다녀야 했다. 또 한동안 괜찮았다. 그러나 또 증상이 나타났고, 참 막막해서 앞에 있는 전봇대를 걷어찼더니 좀 안정되더란다. 그 후 그는 눈에 보이는 전봇대를 다 걷어차며 걸어 다녔다. 하나라도 빠트리면 불안했다. 얼마 후 또 증상이 나타났다. 이번엔 출판사로 침대를 옮기고 병원을 찾았다. 하늘로 솟을 수도 없고 땅으로 꺼질 수도 없으니 제발 살려 달라고 했다.

전형적인 공황 장애 케이스로 공황 장애 환자 행태를 너무나 잘 보여주고 있다. 공황 장애 진단을 위해서는 < '꼭 죽을 것 같다' '미칠 것 같다' '정신을 잃을 것 같다'>는 3대 키(Key) 증상 중에 하나는 꼭 있어야 한다. 그리고 이외에 여러 기타 증상들이 나타날 수 있는데, 가슴이 답답하다. 숨이 가쁘며 막힐 것 같다. 어지러워 쓰러질 것 같다. 자주 짜증이 난다, 그리고 증상이 다시 또 나타나면 어쩌나 하는 예기불안이 심하다.

예의 환자처럼, 흔히 공황 장애 환자들은 증상이 나타난 장소나 시간, 아니면 당시의 심리 혹은 신체 상태를 공황 장애 원인으로 돌리는 경우가 많다. 이 환자도 '만원 버스 때문에' '택시 때문에' '나쁜 공기 때문에'라고 원인을 생각했다. 그리고 나름 극복해 보려 버스에서 택시로, 그것도 안 되니 전봇대를 걷어차기도 하며 먼 길을 걸어 다녔다.

이런 식으로 공황 장애 환자들은 혼자 작사 작곡하여 생각하고 해결방법을 찾는다. 이는 근본적 치료와는 거리가 멀고 병을 더 복잡하고 힘들게 할 뿐이다. 환자가 오랫동안 치료하지 않으면 이것이 심화되어 나중엔 모든 상황이 불안하고 두렵게 되어서 종국엔 일상생활이 힘들어진다.

최근엔 공황 장애가 많이 알려져서 쉽게 정신건강의학과를 찾는다. 그러나 얼마 전까지만 해도 그렇지 못했고, 정신건강의학과를 찾아오는데 3년 이상 걸렸다. 어떤 사람은 협심증이라 심장내과를 다니기도 하고 한의원, 침술원, 요가원, 심지어 귀신들렸다고 무당한테까지 갔다 오기도 했다.

공황 증상(Panic attack)은 인체가 아주 위험 상황에 처해 있을 때 누구에게나 그 상황을 극복하기 위해 나오는 정상 반응이다. 그런데 공황 장애 환자는 그런 위험 상황이 아닌데도 몸이 오버센스 하여 시도 때도 없이 공황 반응을 반복한다. 그런데 아직 그 오버센스의 기전을 모르고, 따라서 공황 장애에서 완치라는 말은 쓸 수 없다.

질병 치료에는 크게 두 가지가 있다. 하나는 완전히 딸깍 낫는 거고, 다른 하나는 고혈압이나 당뇨처럼 질병을 조절하며 그냥 살아가도록 하는 거다. 현대의학이 아무리 발달했다고 해도 딸깍 낫는 병은 별로 없다. 대부분의 만성질환들은 그냥 조절하며 살아가는 게 치료의 목표가 된다.

공황 장애도 마찬가지다. 약물로 우선 공황 증상을 치료하고 난 다음, 증상이 약해지고 안정과 자신감을 갖게 되면 차차 약물을 줄여가며 스스로 질병을 이겨내도록 하는 과정이 필요하다. 이것이 인지행동치료다.

◈약물 치료: 약물로는 신경안정제인 알프라졸람과 크로나제팜, 그리고 SSRI계통 항우울제가 특효약이다. 약을 복용하면 아주 드라마틱하게 반응하여, 지금까지 엉뚱한 치료에 매달렸던 것을 허탈해할 정도다. 어떤 환자는 자신을 진작 정신건강의학과

로 보내주지 않았다고 타과 의사들을 원망하기도 한다. 힘들어 하던 증상이 일단 사라지면 환자들은 불안과 두려움으로 잔뜩 움츠려 있던 상태에서 해방된다. 서서히 자신감을 얻으며 활동적이 되어 가면 서서히 약물을 감량하며 공황 증상과 맞서게 한다. '까짓것 한번 이겨 보지' 하는 마음을 가지고 증상을 대하라 한다. 증상이 왔을 때 이런 마음을 가지고 한번 잘 극복하고 나면 자신감이 생긴다. 이것을 반복하다 보면, '또 증상이 나타나면 어쩌지' 하는 예기불안이 없어지고 공황 증상이 점점 약화되어 간다.

문제는 의사를 믿고 환자가 잘 따라오느냐는 것이다. 어떤 환자는 '약 먹으면 중독되지 않냐?', 끝없이 의심하며, 약을 먹었다 말았다 한다. 당연히 치료가 안 되고, 이런 환자는 평생 공황 장애에서 벗어나지 못한다.

◈인지행동치료: 공황 발작이 왔을 때 그 대처 방법을 훈련시켜 스스로 극복하게 하는 것이다. 인지행동치료는 말 그대로 잘못된 인지(認知)를 바로 잡아 질병을 쉽게 극복하게 하는 행동 요법이다.

그러기 위해선 우선 공황 장애에 대한 교육(원인, 예후, 치료 과정 및 약물 등)이 필요하다. 환자가 병에 대해 잘 안다면 자신의 병에 지나친 걱정과 두려움이 사라질 것이다.

다음은 공황 증상이 왔을 때 환자의 생각과 대처 방식을 반복적으로 숙지케 하여 생활화시켜 나갈 필요가 있다. 나는 다음 사항을 공황 장애 환자들에게 누누이 강조하고 한 번 실천해 보게 한다.

첫째, 공황 장애는 가슴이 답답하고 조이고 꼭 죽을 것 같지만(꼭 미칠 것 같지만, 아니면 정신을 잃을 것 같지만), **절대 안 죽는다.**(미치지 않는다, 정신을 잃지 않는다.)

둘째, 증상은 20~30분 이상 지속되지 않고 저절로 사라진다. 공황상태는 교감신경이 극도로 흥분된 상태고, 이런 상태가 너무 오래 지속된다면 신체는 탈진되어 버틸 수가 없다. 그래서 우리 인체는 교감 신경이 지나치게 흥분하여 지속되면 그 길항작용이 있는 부교감 신경을 발동하여 지나친 흥분을 가라앉힌다. 부교감 신경이 발동되는 시간이 최대 이십 분에서 삼십 분이다. 그리고 공황장애에 사용하는 약물도 알고 보면 부교감신경을 활성화시키는 제재들이다.

셋째, 공황 증상은 우리 몸이 위험 상황에 처할 때 대처하기 위한 정상적인 좋은 반응이다. 당연히 그렇기 때문에 지나치게 걱정할 필요도 없고 위험하지도 않다. 단지 자신의 몸이 위험하지도 않은 상태인데 쓸데없이 오버센스하고 있다고 생각하라.

나는 오늘도 공황 장애 환자들에게 누누이 강조한다. 공황 증상이 오면 세 가지를 떠올리고 두려워 말고 심호흡을 하든지 하며 지나가길 기다려라. 이렇게 몇 번 잘 대처하여 이겨내면, 자신이 생겨 '까짓것 오라면 오라지.' 하는 심정이 될 것이다. 우리 병원에 다니는 환자 중엔 공황 장애 환자가 엄청나게 많다. 오늘도 나는 병원을 방문한 그들에게 일일이 '세 가지가 뭐지요?'를 묻고 또 묻는다. 그리고 겁낼 것이 아니라, 한 번 올 테면 와보라고 생각하라고 강조한다.

그리고 하나 첨가한다면, 많은 공황 장애 환자들은 가슴이 뛰고 답답한 증상만 있으면 무조건 공황 발작으로 생각하는 경향이 있다. 그러나 앞에서 말한 대로 3대 키 증상인 '죽을 것 같다.', '미칠 것 같다.', '정신을 잃을 것 같다.'는 세 증상 중에 하나라도 없으면 공황 장애가 아니다. 단지 그것은 스트레스 증상일 뿐이니 이를 구분할 필요가 있다.

처방전

공황 장애는 죽을 것 같은, 너무 불안해 미칠 것 같은, 어지러워 꼭 쓰러질 것 같은 증상, 이 셋 중에 한 증상이나 그 이상이 반복적으로 나타나는 질병입니다. 이런 증상이 나타나면 너무 고통스럽습니다. 그래서 환자들은 만약에 그런 증상이 나타날 때 즉시 치료를 받지 못하는 장소나 상태를 공포스러워합니다. 대표적인 것이 공중 교통의 이용과 터널을 지날 때입니다. 증상이 나타났다고 버스, 기차, 비행기가 환자의 응급처치를 위해 멈출 수 없는 상황이기 때문입니다. 어떤 사람은 응급처치 못 받는 것보다 여러 사람 앞에서 망신을 당할까 봐 사람 많은 곳에 가기를 두려워하는 사람도 있습니다. 광장공포는 증상이 좋아지고 자신이 생기면 조금씩 도전해 극복해 나가야 합니다. 공황 장애가 오래된 환자는 공황 치료 자체보다 이차적으로 생긴 광장공포의 극복이 더 힘들 때가 많습니다.

35. 우울증— 마음에 드리운 긴 그림자

미용실을 경영하는 미혼의 Q 양, 손님이 많아 항상 바쁘다. 그런데 한 보름 전부터 만사가 귀찮고 기운이 없어 눕고만 싶고 통 의욕이 없다. 좀 피곤해 그러려니 했는데, 점점 심해지며 잠도 안 오고 초조하기까지 하다. 그리고 식욕이 전혀 없어 통 먹지를 못하겠고 며칠 사이에 몸무게가 5kg이나 빠졌다. 모든 게 재미가 없고 왜 사나 싶다. 차라리 죽고 싶다는 생각이 강박적으로 든다.

소위 우울증(Major Depression) 증세다. 우울증 치료에는 올바른 진단이 중요하다. 무슨 일이 있어 잠깐 우울하다면 이것은 우울증 아니고 '우울감'이다. 이는 어떤 상실에 대한 인간의 보편적 감정반응일 뿐이다. 적어도 우울증의 진단을 붙이려면, 생활에 지장을 줄 정도로 아주 심각한 우울감이 보름 이상 지속되어야 하고, 〈불면증〉, 〈식욕 부진〉, 〈피곤감 및 자살사고〉 등 우울증에서 나타나는 특징 증상(Vegetable symptom이라 한다)들이 동반되어야 한다.

우울증 진단(미국 정신 의학회: DSM-III-TR)

다음 증상 중 ①②를 포함한 3가지 이상이 동일한 2주일 동안에 나타났고, 예전과 기능 차이를 나타낸다면 우울증으로 진단 가능하다.

① 거의 하루 종일 우울증을 보임: 주관적 설명(예: 슬프거나 공허함)이나 타인에 의한 관찰(예: 눈물을 글썽임)에 의해 거의 매일 종일 우울한 기분이 보임.
② 주관적 설명 또는 타인에 의한 관찰로 거의 매일 하루 대부분의 활동에서 흥미가 현저하게 감소됨이 나타남.
③ 식이 조절을 하지 않는데도 불구하고 체중 감소 또는 증가가 나타남(예: 1개월에 체중의 5% 이상 변화) 또는 거의 매일 식욕의 감소 또는 증가가 보임.
④ 거의 매일 불면 또는 과수면.
⑤ 거의 매일 정신운동의 초조 또는 지체(단순히 안절부절못하거나 느려진다는 주관적 느낌뿐 아니라 타인에 의해서도 관찰이 가능함).
⑥ 거의 매일 피로 또는 에너지 상실
⑦ 거의 매일 단순한 자기 비난이나 아픔에 대한 죄책감이 아닌

무가치감 또는 과도하고 부적절한 죄책감이 보임 (망상적일 수도 있음)

⑧ 거의 매일 사고와 집중력의 감소, 결정 곤란을 보임 (주관적 설명 또는 다른 사람에 의해 관찰됨)

⑨ 죽음에 대한 반복적인 생각(죽음에 대한 공포가 아님), 구체적 계획이없는 반복적인 자살 사고 또는 시도나 자살을 자행하려는 구체적 계획

우울증은 누구한테도 올 수 있고, 방치하면 자살률이 40%에 이르는 무서운 병이다. 그러나 재발이 자주 되어 문제지만, 전문의 지시에 따라 진료를 제대로 받는다면 대부분 아주 잘 낫는 병이다.

여러 번 유명 배우의 자살로 온 나라가 우울증 때문에 난리를 치르곤 했다. 참 불행한 일이다. 필자도 우울증 환자를 치료하다 몇 번 환자가 자살하는 아픈 경험을 했다. 목을 매어 자살한 앳되고 예쁘던 아가씨, 농약 취급을 하며 자살감(Suicidal idea)을 호소해 보호자 면담을 급히 요청하였으나 집에 가자마자 자살한 환자, 고층 아파트에서 투신한 신부전증을 동반하여 우울증을 앓던 환자 등등. 지금 생각해도 다 너무 아픈 기억들이다.

우울증 환자를 대할 때 제일 중요한 것은 자살을 염두에 둔 치료와 간호다. 심한 우울증 환자는 혼자 있게 하거나 혼자 여행을 하게 하는 것은 좋지 않다. 자살 사고가 강박적으로 들며 우울증이 심하다면 일단 입원시켜 치료를 하는 것이 원칙이다. 자살감은 순간적으로 참을 수 없이 몰려오며 '아차'하는 사이 충동적으로 행동에 옮긴다. 그러나 우울증을 너무

두려워할 필요는 없다.

자살에 대한 부분만 충분히 고려하면 근본적으로 치료가 잘 되는 병이며, 자살 충동도 질병이 호전되면 사라진다. 나는 우울증 환자들에게 농으로 "자살하시려면 한 보름 있다가 하시죠." 한다. 그때는 죽으라고 등을 떠밀어도 죽지 않을 것이다. 그만큼 증상들의 치료가 빠르고 잘 된다는 얘기다.

우울증은 간단히 말하면 감정 조절 호르몬인 세로토닌 부족 때문으로 온다. 그런데 많은 사람들이 자신이 생활을 잘 못하거나 무슨 힘든 일이 있어서 우울증이 온다고 생각하는 경우가 많다. 어떤 독실한 기독교 신자분은 자신이 신자인데 우울증에 걸렸다면서 부끄러워하기도 한다. 절대 그렇게 생각할 필요가 없다. 그냥 맹장에 염증이 오면 아프듯 감정 조절 호르몬 부족으로 오는 신체적인 것으로 생각하면 된다.

그 호르몬 부족은 아직 왜 오는지는 밝혀지지 않아 근원적 접근은 안 된다. 그래서 우울 증상 치료는 잘 되지만 빈번한 재발이 문제다. 그러나 어쨌든 우울증 증상은 항우울제를 투여하면 대부분 반응이 빠르고 좋아 치료가 아주 잘 된다.

오늘 자신이 우울증이라며 아주 두려움을 나타내며 우리 병원을 처음 방문한 사람이 있었다.

P : 우울증 때문에 왔습니다.

T : 어떤데 우울증이라고 생각하시는데요?

P : 머리가 아프고 잠도 안 오고

T : 우울하십니까?

P : 별로요.

이런 질문과 대답이 오가면 참 맥이 빠진다. 이게 왜 우울증인가? 우울증은 한 마디로 우울해야 한다. 매스컴의 잘못된 진단에 오염된 환자! 질병에 관련한 보도는 좋은 점도 있지만 나쁜 점도 많다. 무슨 일만 있으면 앞다투어 경쟁하듯 여과 없이 마구 쏟아내는 정보들! 우울증에 대한 매스컴의 보도 태도도 참 문제가 많다. 국민들에게 경각심을 주고 빠른 시일 내에 치료를 받을 수 있게 하는 홍보 효과는 좋은 점일 것이다. 그러나 시청률을 의식하여 과대 포장이 되고, 자살 보도에 지나치게 중점을 둔 나머지 시청자들을 두렵게 만들고, 우울증이라는 진단을 아무 데나 갖다 붙여 남용하고, 꼭 스트레스 때문에 우울증이 오는 것인 양 잘못 보도하는 것은 반드시 시정되어야 할 것이다.

처방전

우울증은 대부분 치료 반응이 좋아 의사 입장에서는 치료에 재미(?)난 병입니다. 그런데도 툭하면 자살 때문에 난리입니다. 대부분 의사 말을 안 따르기 때문입니다. (물론 소수의 환자에서 어떤 약물에도 잘 반응하지 않는 환자도 있고, 그래서 전문의의 치료가 중요합니다.)

36. 대인 공포증— 사람을 대하는 게 불편하고 두렵다

R 씨는 민원실에서 근무하는 공무원이다. 그녀는 보통 공무원이 아니라 상(賞)을 준다고 해도 손이 떨릴 것 같아 그 상을 끝내 고사하고 마는 공무원이다. 그는 누가 보고 있으면 글씨를 못 쓰겠고, 떨려서 구내식당에서 밥도 못 먹으며, 여러 사람들 앞에 서면 얼굴부터 빨개지고 음성은 물론 온몸이 떨린다. 그리고 무슨 일만 있으면 며칠 전부터 걱정이 되어 잠도 설치는 그런 공무원이다.

그녀가 오늘 담당 국장 앞에서 새로운 계획안을 발표해야 한다. 어떻게 잘 끝낼지 막막하다. 마음을 가다듬어 프로젝트를 켠다. 준비한 것을 읽어 내려간다. 말소리는 어김없이 오늘도 떨려오고, 사람들은 어느새 알아채고 비웃는 것 같다. 자신감은 오그라들 대로 오그라들고 입이 바짝바짝

탄다. 발음이 잘못 나온다. 그렇게 20여 분, 겨우 끝내고 풀이 죽어 자리에 앉는다. 그런데 옆에 앉은 동료가 툭 친다.

"잘했어(귓속말로)!"

사람들이 회의실을 빠져나가고 그 동료만 남았다. 다짜고짜 그의 멱살을 잡는다.

"너 나 놀려?"

그는 정색을 하며 말을 한다.

"너 정말 잘했어. 다른 사람한테 물어봐!"

이게 흔히 말하는 대인공포(Social phobia)다. 사회불안(Social anxiety)이라고도 한다. 말 그대로 사람을 대하는 게 불편하고 불안하고 두렵기까지 하여 사회생활이 힘든 일종의 신경증(Neurosis)이다.

그 증상은 다양하다. 얼굴이 빨개지기도 하고, 손이 떨려 술잔을 못 받겠고, 사람 앞에서는 글씨를 잘 못 쓰며, 어떤 사람은 서로 눈을 부딪치는 것이 겁나 시선을 어디에 둬야 할지 몰라 쩔쩔매기도 한다.

왜 이런 일이 벌어질까? 남을 너무 의식하기 때문이다. 남에게 나쁜 평가를 받으면 어쩌나 하는 두려움 때문이고, 좀 더 깊이 심리적으로 들어가면 다른 사람에게 좋은 평가를 받고 싶은 욕망 때문이다. 따라서 그 평가가 상관없는, 아주 친한 사람이나 아주 낯선 사람 앞에선 괜찮다. 아무리 심한 대인공포 환자라도 두 살배기 어린애나 생판 모르는 거지 앞에서는 떨리지 않는다. 문제는 적당히 아는 사람, 실수하면 안 되는 사람, 즉 자신을 객관적으로 평가할 수 있을 만큼의 거리 관계에 있는, 소위 '어려운' 사람들 앞에서가 문제다.

이런 사람들의 성장 과정을 보면 아주 엄하고 칭찬이 인색하고 부모의 기대치가 높은 가정에서 자란 경우가 많다. 이런 환경에서는 자신의 행동에 자신감이 생길 수가 없고 열등감이 심하다. 또 어떤 경우는 아주 자신만만하던 사람이 어느 날 실수를 한번 하고 자신감을 잃어서 생기는 경우도 있다.

대인공포증 환자들에게는 크게 세 가지의 잘못된 인지의 과정이 있고, 이 잘못된 인지과정을 인지왜곡(認知歪曲)이라 한다. 잘못된 인지왜곡이 대인공포증을 만든다.

◈떨리거나 얼굴이 빨개지는 자연현상을 지나치게 열등하게 생각하고 부정적으로 생각하며, 그러는 자신을 자꾸 감추려 한다.

◈여러 사람 앞에 서면 누구나 떨리고 긴장한다. 그런데 그 당연한 것을 '자신만 그렇다, 아니면 자신만 특히 그렇다, 병적이다.'라고 생각하는 경향이 있다.

◈어느 정도의 긴장 상태는 다른 사람에 의해 인지되지 않는다. 그런데도 아주 조금만 목소리가 떨리고 얼굴이 화끈거려도 모든 사람들이 그런 자신을 다 알아챌 것이라 생각한다.

대인 공포의 치료는 이 인지 왜곡을 바로잡아주는 것이 치료 방법이다.

나는 이런 환자들에게 세 가지 숙제를 낸다. 병원 방문 시 다음의 숙제를 꼭 해 와야 하고, 그렇지 않으면 치료 효과가 없고, 올 필요도 없다고 말한다.

이 세 가지 숙제를 할 수 있다면 이미 그는 대인공포를 벗어나고 있는 사람이다. 정상적인 불안과 떨림 반응을 더 이상 병적이거나 부끄럽게 생각하지 않는다. 그리고 자신의 하나의 특성으로 생각하게 될 것이다.

이런 과제를 통해 지금까지 잘못 받아들여지던 인지 왜곡(認知歪曲)을 교정할 수 있다. 그래서 사람들을 대할 때 두려움이나 지나친 긴장 없이, 이 세상에 단 하나밖에 없는 고유 가치관을 가진 소우주(小宇宙)로 거듭나게 될 것이다. 좀 더 자세히 설명하면 이렇다.

1. 노출 요법(Exposure therapy)

대인공포 환자들은 '떨리거나 얼굴 붉어지는 것'을 지나치게 부정적으로 생각한다. 그러나 한국 정서는 그 반대일 수도 있어서 오히려 순수한 인상을 주는 면도 있다.

만약 당신 부하 두 명이 내일 부서에 아주 중요한 일이 있어 일손이 달리는데 개인 사정으로 못 나온다 하자. 그런데 한 사람은 당당히 말하고, 다른 사람은 미안해 어쩔 줄 몰라 하다 기어들어가는 목소리로 겨우 말을 한다면, 둘 중 어떤 부하가 더 좋겠는가? 대부분의 대인공포증 환자들은 '첫 번째 당당히 얘기하는 부하!'라고 답한다.

과연 그럴까? 두 사람이 없기 때문에 일손이 달려서 너무나 힘든데도 말이다. 바로 이 점이 대인공포 환자들의 문제다. 얼굴이 빨개지고 떨리고 자신 없어 하는 것을 부정적으로 보는 나머지 이런 대답이 나온다. 당연히 자신의 부재에 대해 미안해서 어쩔 줄 모르는 친구가 훨씬 더 인간적이고 정이 가는 것이 인지상정이다.

그리고 대인공포 환자들은 일상적 보통 있을 수 있는 자연스러운 반응마저 열등하게 생각하고 숨기려 한다. 그러다 보니 긴장하게 되고, 그 때문에 증상은 심해지며 악순환의 연속이다. 치료를 위해선 이 악순환의 사슬을 끊어야 한다. 까짓 거 당당히 다른 사람에게 '나는 사람들 앞에 서면 얼굴이 붉어지고 떨린다.'고 말해 보라. 이 때문에 정신건강의학과도 방문한 적이 있다고 말해 보라. 그러면 더 이상 숨길 것이 없으니 긴장할 것도 없다. 사람들은 그런 솔직한 태도에 오히려 믿음이 가고 재미있는 사람으로 생각하여 친밀하게 느낄 것이다. 만약 '병~신!'이라고 하는 사람이 있다면 그가 바로 대인공포 환자이거나 이상한 성격의 소유자다.

2. 개[犬]판 요법

어차피 이 세상은 개성 사회다. 개성 사회에서는 각자의 판단 기준, 가치관이 모두 다르다. 당신이 어떤 행동을 한다고 하면, 똑같은 행동을 가지고도 좋다고 평가하는 사람이 있고 나쁘다고 평가하는 사람이 있을 것이다. 그리고 대부분의 사람은 당신에게 관심도 없다. 그렇다면 당신은 어느 장단에 춤을 출 것인가?

제멋에 사는 수밖에 없다. 당신 하고 싶은 대로 하고, 당신이 좋다는 사람하고만 놀아라. 싫다는 사람은 까짓거 가라 해라. 이 개성 사회에서 모든 사람에게 좋은 평가를 꿈꾸는 것은 망상(妄想)이다.

당신에게 유난히 수줍어하는 특성이 있다면 당신의 개성이니 숨기지 마라. 그런 당신을 뭐라 한다면 당신과 맞지 않는 사람이고 그를 무시해 버려라. 차라리 오늘은 실컷 빨개져야지, 실컷 떨어야지 생각하라. 아마도 그러면 빨개지거나 떨리는 것이 훨씬 덜할 것이다. 그리고 설령 그런 증상이 있더라도 담담히 생각하게 되어 별 문제가 안 될 것이다.

우리가 누구에게 말하고 발표하는 것은 남에게 잘 보이기 위해서가 아니다. 당신이 전하려는 메시지만 전하면 된다. 세상을 당신의 멋대로 살아라. 당신이 기준이 되어라. '어디 개판 한번 쳐보지!' 하는 자세라면 이미 당신은 대인공포를 뛰어넘고 있는 것이다.

3. 확인 요법

무슨 일이 있을 때 불안해하고 긴장한다는 것은 아주 정상적인 반응이고 좋은 것이다. 불안은 당신을 준비시키고 집중하게 하여 성실한 사람으로 만든다. 당신이 시험 한 달 전부터 밤 새우기를 할 수 있는가? 밤 새우기는 시험 하루 이틀 전날이나 가능하다. 이것이 불안과 긴장의 힘이다. 누가 불안하거나 긴장하고 있다는 것은 아주 신뢰할 만한 친구라는 것을 말해주는 것이다. 그런 불안과 긴장의 반응이 떨림이고 얼굴 붉어짐이다.

그리고 이런 반응은 어느 정도 선까지는 외부에 표시가 안 난다. 자신만 인지하지 다른 사람은 알아채지 못한다. 그런데도 대인공포 환자들은 모든 사람이 자신의 작은 떨림도 모두 다 인지하고 있다고 생각한다. 이는 잘못된 인지 왜곡이고 망상이다. 자신이 스타가 아니며, 다른 사람들은 본인이 생각하는 것처럼 남에게 그리 관심이 많지 않다.

그러므로 '자신은 너무 심각한데 다른 사람도 그렇게 생각하는지'를 확인해 볼 필요가 있다. 그런데 확인할 때 조심할 것은 상대에게 진지해야 한다. 농담조로 물으면 '뭐 그랬나, 그런 것 같다.'고 건성으로 답할 수 있고, 괜한 상처를 받을 수 있다. '실은 내가 이런 문제 때문에 아주 힘든데 당신이 보기에는 오늘 내 발표가 어땠냐?' 하고 진지하게 물어 보라. 아마 대부분은 '오늘 떨었어? 나는 몰랐는데.' 할 것이다.

이런 확인을 반복하다 보면 '아! 이런 정도는 다른 사람들이 모르며 문제가 되지 않는구나. 내가 너무 예민한 거구나.'하고 알게 될 것이고, 동시에 자신감을 갖게 될 것이다. 하나도 문제가 될 게 없고 다른 사람은 알아채지도 못하는 것을 마치 큰일이 난 것처럼 생각하며 계속 체크를 하는 당신이 문제다. 이런 태도 때문에 자연스러운 반응마저 증폭시켜 기어이 문제의 증상을 만들고 마는 것이 바로 대인공포 환자들이다.

그리고 설령 좀 발표 중 떨렸다 한들 무엇이 문제인가. 아마도 언젠가 어떤 사람의 강연을 들으면서, '많은 사람 앞에 오랜만에 서니 떨리네요.'라는 말을 하는 연사를 보았을 것이다. 그 사람이 거짓말하는 것 같은가? 아니다. 그러면 그 사람이 나쁘게 보이던가? 오히려 솔직하고 재미있는 사람이라고 생각했을 것이다. 사람들에게 이런 얘기를 거리낌 없이 할 수 있는 배짱의 소유자라면 틀림없이 사소한 떨림 반응에 신경 쓰지 않고 명강의를 했을 것이다. 여러 사람 앞에 서면 누구나 긴장하게 된다. 하지만 강의에 집중하다 보면 어느새 잊어버리고 더 이상 의식하지 않게 되는 것이 보통이다.

대인공포 환자들에게, '당신이 떨리고 힘들었을 때 물어봐!'를 나는 수없이 주문한다. 그러나 많은 환자들은 그것을 실천에 옮기지 못한다. 자신이 인지했듯이 당연히 다른 사람도 그렇게 생각할 것이라고 생각하기 때문이다. 그러나 이것은 예의 공무원 환자처럼 인지 왜곡이다. 가끔 환자들에게 자신이 발표한 것을 비디오로 틀어 주면 놀란다. 자신이 이렇게 잘했느냐고? 어쩌면 대인공포 환자들은 아주 욕심쟁이다. 그룹치료에서 발표를 시켜보면 떨린다는 사람이 나보다 더 잘한다.

'저렇게 잘하는데 뭐가 문제야!'

치료진들끼리 하는 얘기다.

처방전

한 앙케이트 조사입니다. 100명의 여학생에게 '많은 사람 앞에 서면 떨리느냐?'라는 질문을 했습니다. 이 중 90%(90명인 셈)가 떨린다고 답했습니다. 두 번째 질문, 그러면 '그 떨리는 것이 다른 사람보다 심각하고 병적이냐? 자연적인 반응이냐?'라고 물었습니다. 떨린다고 답한 90%의 81%(81명)가 '누구나 그런 자연스러운 반응'이라 했습니다. 세 번째 질문, '당신은 치료받아야 한다고 생각하는가?'

다른 사람보다 특히 자신이 심하고 병적이라고 생각한 사람, 9명은 치료받아야 한다고 답했습니다. 즉, 정상적인 반응을 자신만 특이하고 병적이라 생각하는 사람들이 환자가 된다는 것을 잘 보여주는 조사입니다.

37. 불안 장애— 누구에게나 '불안'은 있다

대기업 과장인 S 씨, 자신이 혹여 명퇴되면 어쩌나 걱정이 되며 불안이 시작되었다. 그는 늘 초조했고 조그만 일에도 영 자신이 없고, 아무것도 아닌 일에 짜증이 나고 화를 내곤 했다. 그는 잠도 안 오고 늘 피곤하고 자주 머리가 아팠으며 배도 자주 아프곤 했다. 그래서 병원을 방문했으나 특별한 이상이 없단다. '아무래도 못 믿겠어.' 여러 병원을 방문했으나 똑같은 대답이다.

'내가 왜 이러지!'

그저 모든 게 자신이 없고 미래가 막막하며 시도 때도 없이 불안이 엄습한다. 이제는 불안 초조에 지쳤다. 그는 견디다 못해서 휴직을 결심하고 우리 정신건강의학과를 방문했다.

이것이 소위 '범불안 장애'다. 진단명 그대로 모든 상황이 불안하다. 미칠 노릇이다. 시도 때도 없이 항상 불안이 마음속에 둥둥 떠다닌다(Floating anxiety라고 한다). 불안은 공포와 다르다. 그 대상이 없다. 그러다 보니 더욱 힘들다. 그리고 또 불안은 신체 증상을 동반하여 가슴이 뛰고 입이 마르며, 심장이 뛰고 식은땀이 나며, 또한 두통 불면 피곤 등 다양한 증상이 나타나기도 한다.

그러나 불안이 꼭 나쁜 것은 아니다. 문제는 너무 심해 일상을 압도하기 때문이다. 그러나 우리는 불안이 없다면 살아갈 수가 없다. 우리가 살아가는 동안 불안은 반드시 필요한 동반자라는 것을 알아야 한다.

나는 무슨 일이 있으면 시급하지 않는 한 그냥 내버려 두는 버릇이 있다. 한참 그렇게 잊고 있으면 어느 날 '저것을 해야 되는데' 하는 생각이 든다. 그래도 나는 내버려 둔다. 그렇게 더 지내다 보면 '저거 해야 할 텐데' 하는 생각이 더 자주 들게 되고, 급기야 나중엔 은근히 불안해진다. 이때가 그 일을 해야 할 때다. 불안은 이렇게 친절한 친구이자 세상을 살아가는데 아주 필요한 조력자이기도 하다.

이런 불안은 왜 생기는 것일까? 프로이트는 처음엔 비의식에 있는 위험한 본능 소망이 의식으로 올라올 때 불안을 느끼는 것으로 생각했었다. 그러나 나중엔 불안을 자아가 손상의 위험이 있을 때 느끼는 시그널 반응으로 보았다.

자아는 주인 셋을 모신다. 그 셋은 본능(Id), 초자아(Super ego), 외부 현실

(Reality)이다. 이 세 주인 중에 누가 불만이 생겨 자아를 압도하면 자아에 문제가 생기고, 그 표현이 불안이다.

자아가 문제가 생기면 '괜찮다', '잘 될 것이다' 라는 믿음이 깨어지며 노심초사하게 되고, 그 강도가 심할 때는 미래에 대한 믿음이 완전히 상실되며 불안이 극에 달해서 패닉상태가 된다.

자아가 이렇게 위험에 처해 불안하지 않으려면 본능, 자아, 초자아, 이 세 주인을 잘 섬기며 훌륭한 매개 역할을 잘해야 한다. 좀 더 현명한 자아라면 세 주인이 평소에 사이가 좋도록 해야 한다. 그러기 위해서는 한쪽이 일방적이지 않고 적절한 균형 유지가 필요하다.

첫 번째 주인 본능. 본능의 힘이 지나치게 세다면 쾌락에 빠져 현실, 도덕, 양심이 문제가 된다. 이 상태가 되면 현실과 초자아가 자아를 가만 놔두지 않아서 불안이 생긴다. 그 반대로 본능의 힘이 약하고 현실과 초자아의 힘이 세다면 지나치게 양심적이고 현실적이 되기 때문 또 본능이 투덜거려 문제가 되어 불안을 느끼게 된다.

두 번째 주인 현실. 지나치게 현실적이다 보면 본능도 초자아도 만족스러울 리 없다. 둘은 자아한테 '너 어떻게 해봐!' 하고 핍박할 것이고, 그 핍박이 불안으로 나타난다. 그 반대도 마찬가지로 둘에게 부담을 주어 불만스럽고, 따라서 적당한 현실감은 필수적이다.

세 번째 주인 초자아. 초자아가 너무 강하면 한 마디로 재미가 없고 고지식하다. 본능은 항상 억제만 되고 그러면 자아에게 투덜댈 것이고 그것이 불안이다. 그 반대라면, 고삐 풀린 망아지처럼 쾌락만 좇는 생활을 하게 된다. 그러면 현실감이 자아를 가만 놓아둘 리 없고, 이때도 불안을 느끼게 된다.

이렇게 자아 노릇은 참 어렵다. 자아가 섬기는 세 주인이 적절히 만족할 때 비로소, '괜찮아!' '세상은 살만해. 앞으로도 괜찮을 거야.' '나는 할 수 있어!' 하는 기본적인 믿음이 생기며 행복과 평화의 순간이 찾아온다.

그런데 S 씨는 어떤가? 세 주인 중 현실이 문제가 생겼다. 현실에 압도되며 자아를 위기에 처하게 하여 불안해하고 있다.

다시 말하지만, 불안은 절대 나쁜 것이 아니고, 그 불안이 생활을 할 수 없을 정도로 지나칠 때가 문제다. 잠도 못 자고 가슴이 두근대며 초조하고 생각을 안 하려 해도 자꾸 걱정이 되고 만사 두려워 정상생활이 힘들다면 그것은 정말 문제다.

이때는 자신의 자아 상태를 전반적으로 체크할 시점이다. 본능, 현실, 초자아! 이 중 어떤 것이 현재 문제인가? 자신의 자아에게 말을 걸어 그의 말을 경청해야 한다. 그리고 포기할 것은 포기하고 대처할 것은 대처해야 한다.

처방전

'불안'의 반대말은 '믿음'입니다. 이 믿음은 자아가 원활히 기능할 때 생기는 결과물입니다. 믿음이 없다면 불안해질 수밖에 없습니다.

38. 잘 사는 것 같은데 저 환자 왜 왔나요?

그녀는 북한에서 결혼한 후 5년 되는 해에 남편과 같이 월남한 소위 새터민(탈북자)이다. 처음엔 인천에 살았는데 남편이 바람이 나서 집을 나갔다. 그 후 의지할 바 없는 그녀는 다른 새터민을 따라 이 지역으로 이사했고 초등학교 다니는 남매를 기르며 근근이 살아가고 있다.

그녀가 처음 우리 병원을 방문한 것은 잠을 못 자고 불안하며 만사 귀찮다는 것이었다. 동시에 머리가 깨질 듯 아프고 누구를 만나기가 불안하다는 대인공포증까지 보이고 우울감이 심했다. 지금은 많이 좋아져 증상은 줄어들어 약물을 유지하며 그런대로 잘 지내는 편이다. 환자가 나가고 그녀가 진료실에 들어왔다. 아주 이상하다는 듯 나에게 물었다.

P : 앞에 나간 환자는 잘 사는 것 같고 걱정거리 하나도 없을 것 같은데 왜 왔죠?

T : 그래 보이나요? 잘 산다고 걱정이 없나요?

P : 욕심 안 부리면 되잖아요?

T : ○○ 씨는 왜 그게 안 되죠?

P : 저 욕심 부리는 것 없어요. 제 처지에 욕심이고 자시고 할 것이 어디 있어요. 그냥 화가 나고 내 신세가 비참해 보여서 그렇지.

T : 그것은 욕심이 아닌가요?

그녀는 자주 상대적 빈곤감을 호소했다. 북한은 사는 것이 다 비슷비슷하니 끼니만 해결하면 걱정이 없단다. 남한은 빈부 차이가 많이 나서 어떤 면에서 보면 북한 생활이 단순하고 마음은 더 편했던 것 같다는 말을 하곤 했다.

P : 탈북할 때 마음이면 지금이 참 행복한데 그게 잘 안 되네요. 왜 내 마음도 내가 조절할 수 없죠?

T : 우리가 의지적으로 생각하고 느끼는 마음은 우리 마음의 열 개 중에 한 개밖에 안 돼요.

P : 어쨌든 앞에 나간 사람들이 힘들어하는 것은 이해가 안 가요!

모든 사람은 자기의 입장에서 세상을 본다. 그래서 이 환자도 '자신은 절대 욕심을 안 부리는데', '상대는 저렇게 잘 사는데'라는 말을 하고 있다. 이미 이런 말 자체가 욕심이 묻어있는 말이다.

다시 말하지만 '스트레스란 내 욕심과 세상 욕심 간의 눈높이가 안 맞아 내는 일종의 불협화음이다.' 이 환자도 탈북 당시의 초심이라면, 지금 북에 있는 사람들과 비교가 안 되고, 비참할 것도 분통이 터질 것도 없을 것이다.

이 환자의 병명을 보다 정확히 붙인다면 '우울 불안감이 심한 화병'이다. 그녀는 북한 가족들 걱정, 애들과 살아가는 이 신세계가 너무 적응하기 힘들다. 그녀는 아주 이 사회와 교통을 끊고 영세민 아파트에서 영세민 지원금을 받으며 근근이 살아가고 있다. 가끔 북에 전달한다며 브로커를 통해 돈을 보내는데 정말 갔는지는 모르겠다고도 한다.

60년대만 해도 우리 삶은 몇몇 집을 빼고는 다 비슷하였다. 그러던 것이 산업화가 이루어져 온 국토가 개발되며 졸부들이 탄생하였고 투기가 극성을 부렸다. 그 과정에서 빈부 격차가 심해져 소외된 많은 사람들은 그것을 인정하려 하지 않았고, 그러면서도 졸부되기를 꿈꾸었다.

그 혼란이 사회 곳곳에서 나타났고 데모와 구호가 난무하는 세기말을 장식했었다. 이러는 와중에 빈부 격차는 점점 고착화되어 갔고, 어떻게든 이것을 시정해 보자는 열망이 한때 우리 사회를 휩쓸었다. 슬로건은 평등이었는데 아이러니하게도 빈부 격차만 더 벌려놓고 지나갔다. 아직도 그 부(富)의 대열에 끼지 못한 사람들의 내면에는 상대적인 박탈감이나 빈곤감이 깊이 내재해 있어 항상 영광의 탈출이나 대박을 꿈꾼다.

이렇게 처음엔 빈부 격차의 상대적 상실을 부정(Denial)하다가, 다음은 그것에 항거하다가, 지금은 어쩔 수 없이 어렵게, 어렵게 받아들여져 가는 과정이 아닌가 싶다. 흔히들 하는 말이지만, 출발선에서 누구나 평등한 기회가 주어지고 누구나 열심히 노력하면 성공할 수 있는 계층 상승의 시스템이 정착된다면 보다 빨리 이 혼란 속을 벗어날 수 있을 것이다. 어쨌든 그 상대적 빈곤의 극치에 선 사람들이 북에서 내려온 새터민들이 아닐까 싶다.

그녀와 첫 면담 중 "어쩌면 북에 있을 때가 더 마음이 편했던 것 같아요. 다 사는 게 비슷비슷하니 부러울 것 없고…"라고 한 말이 지금도 생생하게 기억이 난다. 그녀의 이런 마음 때문에 병증이 심했는데 지금은 체념한 듯 그런대로 약에 의지하며 살아가고 있다. 가끔 북에서 날아든 가족 소식에 가슴앓이를 하는 그녀가 안타까울 때가 많다. 스트레스란 내 욕심과 세상과의 불협화음이다. 결국, 스트레스 조절은 욕심 조절이다. 뒤늦게 뛰어든 자본주의 사회에 조금씩 적응해 가는 그녀에게 격려의 박수를 보낸다. 그녀의 아들은 그 흔한 학원 하나 못 보냈는데 자기가 다 알아서 공부하여, 아르바이트하며 부산에서 대학을 다니고 있다고 한다.

처방전

새터민은 탈북해서 우리나라에서 살고 있는 사람들을 이르는 말입니다. 내가 만난 새터민들은 대부분 남한의 정착 생활을 행복해하지 않았습니다. 북한은 모두 못 살아 사는 게 비슷비슷한데, 남한은 그렇지 않아서 힘들다고 합니다. 다시 말하지만 스트레스란 '나의 욕심과 세상 욕심과의 불협화음'입니다.

39. 수면 장애— 이유 없이 잠 못 이루는 밤

지금은 이 도시에 살지 않지만 심한 불면증 때문에 우리 병원을 자주 방문했던 T 씨가 생각이 난다. 그는 열차 기관사였는데, 기관사라는 직업은 수면 건강에 아주 취약한 직업이다. 왜냐하면, 자는 시간이 아주 불규칙하기 때문이다. 가령 영주에서 경주까지 밤 11시에 출발해서 새벽 3시에 도착한다면 잠을 밤 11시 이전에 조금, 일을 마치고 새벽 3시 이후 조금, 이렇게 나누어 토막잠을 자야 한다. 그러다 보니 많은 기관사들이 불면증으로 고생한다.

T 씨도 그런 사람 중 한 사람이었다. 처음에는 기관사가 천직이랄 정도로 어디서든지 누우면 바로 잠이 들어, 누가 잠이 안 온다고 하면 이해를 못했었다. 그랬는데 열차 운전 중 사망 사고를 경험한 후부터 불면증이

시작되었다. 열차 사고는 어차피 불가항력적인 것이고 기관사의 잘못이 아니다. 그러나 형식적이나마 조서는 받아야 하고 경찰서를 몇 번 들락거렸다. 은근히 스트레스를 받았고 사람을 치어 죽였다는 죄책감이 들며 불면증은 시작되었다.

그의 불면증은 점점 심해져 갔고 오지 않는 잠과 혼자 씨름을 하다가 우리 병원을 방문했다. 그러나 그의 불면증은 불규칙한 근무시간 때문에 치료가 잘되지 않았다. 어떤 때는 '잠을 자야 일을 할 수 있지 않느냐.'며 잘 수 있게 주사라도 놓아달라고 병원에 와서 울기까지 했다. 참 딱한 노릇이었다. 원래 잠은 일정한 시간에 자고 일정한 시간에 일어나야 한다. 그래야 그것이 수면 리듬으로 정착되어 잘 시간이 되면 자고 깰 시간이 되면 깬다.

그런데 T 씨는 직업이 그렇지 못하고, 일종의 직업병이라고도 할 수 있을 것이다. 급기야 나는 그에게 부서를 옮길 수 없느냐는 얘기까지 하게 되었고, 그는 기관사 일을 그만두고 검수직으로 자리를 옮겼다. 검수직 역시 수면시간이 불규칙하기는 마찬가지지만 그래도 하루 일하고 하루 쉰다. 그래도 토막잠을 자야 하는 기관사보다는 나은 편이다. 그러던 중 서울 지하철 기관사 모집이 있어 직장을 옮겼다. 한참 후 그가 우리 병원을 놀러 왔는데 이제는 시간이 없어서 못 잔다고 했다.

한 번쯤이라도 불면증을 경험해 보지 않은 사람을 없을 것이다. 밤을 하얗게 새우며 이리 뒤척 저리 뒤척 하다 보면 참 고통스럽다. 대부분의 사람들(정신건강의학과 아닌 타과 의사들까지도)은 '불면증 하면, 수면제 먹으면 되지.' 할 정도로 너무 가볍게 생각하는 경향이 있다.

그러나 그것은 잘못된 생각이다. 불면증은 하나의 증상이고 그 원인은 다양하다. 치료에 있어 문제는 원인이고, 그 원인을 해결해 주는 것이 불면증의 근본적인 치료방법이다.

불면증의 가장 흔한 원인은 불규칙한 수면시간, 즉 수면 리듬이다. 앞의 환자 T의 경우가 이에 해당된다. 그는 불규칙한 수면 리듬 때문에 생긴 불면증이 지속되어 치료가 잘 안 되는 경우의 환자다. 우리 병원은 농촌으로 둘러싸인 소도시에 위치하고 있는데, 겨울이 끝날 무렵이면 불면증 때문에 찾는 분들이 많다. 일이 없는 농한기에는 동네 마실을 가서 밤을 새우기도 하고, 다음 날은 피곤하니 초저녁부터 자기도 하고, 어떤 날은 낮잠을 자며 한가한 시간을 보낸다. 겨우내 이렇게 불규칙하게 지내다 보면 수면 리듬이 완전히 깨어져 막상 농사철이 되어서 잠자는 시간에 누워 자려고 하면 잠이 안 온다. 이런 때는 약물을 사용해서라도 규칙적인 생활을 유도하여 제시간에 자게 하여 '나는 잘 수 있다.'는 자신감을 갖게 해주어야 한다. 물론 투약은 수면 리듬을 회복할 때까지 보조적인 수단이다. 그리고 수면 리듬을 되찾기 위해서는, 잠이 안 와서 잠자리에서 다시 나오더라도 잘 시간에 자야 하고, 한숨도 못 자더라도 일어날 시간에는 일어나야 한다. 나는 어차피 불면증은 잠이 안 오는 것이 문제이므로 '제시간에 자게 하는 것보다 제시간에 일어나게 하는 것'을 더 강조하고 있고 이것이 보다 효과적이다.

다음은 우울증이 불안증 등 정신질환과 신체질환이 있을 때다. 당연히 말할 것도 없이 해당 질환을 치료해 주어야 한다. 불면증은 우울증일 때도 올 수 있고, 불안증 조현병 등 많은 정신질환에서 온다. 또 신체질환이 있어 몸이 아프면 잠이 올 리가 없다. 불면증은 많은 질환에 부수적인 증상인 경우가 많고, 정신과를 찾는 대부분의 환자들이 불면증을 가지고 있다고 해도 과언이 아니다. 잠을 못 자게 하는 신체 질환이 있다면 그 신체 질환을 치료해야 하고 정신질환이 있다면 그 정신질환을 치료해야 근본적인 치료가 된다.

스트레스가 불면증의 원인이 될 때가 있다. 스트레스는 신경의 긴장이고, 신경이 긴장되어 있다면 각성 상태가 지속되어 잠이 안 온다. 다시 말하지만 스트레스는 나와 세상이 안 맞는 것이다. 자신이 변하든지 세상을 변화시키든지 해야 한다.

다음은 수면 환경이다. 수면 교과서에 이런 말이 있다. '침대는 섹스와 수면을 위해서만 써라' 라는 말이 있다. 안방에 TV를 두고 보다가 자는 사람들이 참 많은데, 이것은 좋지 않은 습관이다. TV는 거실에 두는 것이 좋다. 그리고 수면 환경은 습도와 온도가 적정해야 하고 조용하며 안온해야 한다. 수면 시간은 7~8시간 정도가 적절하며 너무 많이 자면 수면의 질이 떨어진다.

카페인, 술, 담배가 불면증의 원인이 될 수 있다. 커피를 마시면 7시간 후까지 카페인이 작용하며, 니코틴도 불면의 원인이다. 그리고 흔히 잠

안 오면 술을 마시는 사람이 많은데, 술은 긴장을 이완시켜 잠이 드는 데 도움이 될지는 몰라도 잠의 질을 떨어뜨려 깊은 잠을 방해한다. 술 먹은 날은 일찍 깨는데 속이 아파 그런 게 아니라 알코올 성분이 깊은 잠을 방해하기 때문이다.

불면증엔 반드시 원인이 있고, 불면증의 치료는 반드시 해당 원인을 없애주고 교정해 주는 것이어야 한다. 단순히 수면제나 먹어 해결하려 한다면 잘못된 생각이다.

그리고 불면증도 조기에 치료해야 한다. 오래 지속되면 치료가 참 힘들어진다. 조건반사처럼 습관화되어 잠자리에 들기만 하면 오던 잠도 달아나고 눈이 말똥말똥해진다. 또 잠에 대한 자신감이 없어져 '오늘도 또 잠이 안 오면 어쩌지?' 불안해진다. 불면증이 있다면 조기에, 정신건강의학과 전문의를 찾아가 반드시 근본적 원인을 찾아 적절한 치료를 받아야 한다.

요새 너무나 많은 사람들에게, 너무나 쉽게 수면제가 처방되고 남용되는 것 같다. 수면제도 일종의 신경안정제다. 그런데 수면제라는 것은 정작 필요한 신경 긴장을 풀어주는 신경 안정작용보다는 잠이 많이 오는 부작용(?)을 갖는 신경 안정제다. 그리고 작용시간이 짧아 금단증상이 잘 생겨 습관적이 되는 경우가 많으니 주의해야 한다. 수면제의 사용은 잠시 동안 일시적이어야 한다.

원래 사람은 해 뜨면 일어나고 해가 지면 자야 한다. 그것이 수면 리듬이다. 그런데 그것을 깨트린 사람, 수면 대도(大盜)가 있으니 그가 바로 에디슨이다. 전구를 발명하며 밤을 낮같이 환하게 만들었고, 많은 사람들을 그곳으로 내몰았다.

어쩔 수 없이 밤을 낮으로 삼아야 하는 직업이 있다. 기관사, 간호사, 많은 교대 근무자들! 불면증에 취약한 사람들이다. 이런 경우도, 될 수 있는 한에서 최대한 수면 리듬을 생각하는 교대 근무가 필요하다.

그리고 잠은 그 질이 중요하다. 7~8시간 이상 잠자리에 누워 있으면 안 되고, 낮잠은 자지 않는 것이 좋다(정 졸려 못 참겠다면, 20분 이내로 깜박 눈을 붙이면 잠도 달아나고 피로도 풀릴 것이다). 그리고 초저녁잠은 될 수 있으면 피하시라! 낮잠과 비슷해 길게 자야 2~3시간밖에 못 잔다. 초저녁에 2시간 자고 깨어서 밤새 고생하는 분들이 너무나 많다.

처방전

나폴레옹은 하루에 4시간밖에 자지 않았다고 합니다. 대신 그는 낮에 잠깐 잠(Nap)을 잘 잤다고 합니다. 낮잠은 20분 이상을 넘으면 안 됩니다.

40. 두통 1— 신경 쓰면 누구나 머리가 아프다

U 씨는 오랜 기간에 걸쳐 자주 머리가 아팠다. 어떤 때는 띵하게 아프다. 어떤 때는 콱콱 쑤신다. CT, MRI 등 온갖 검사를 다 해보아도 아무 이상이 없다. 오늘은 머리가 깜짝깜짝 놀라게 뜨끔거린다. 잠도 안 오고 불안하다. 그러나 그에겐 일상에서 누구나 겪는 소소한 일 외에 스트레스가 될 만한 특별한 사건은 없다고 한다. 그런데 U 씨는 성격이 너무나 꼼꼼하여서 아무리 바빠도 해야 할 일은 완벽히 해야 하고 일하기 한참 전부터 걱정을 많이 하는 면이 있다.

U 씨의 두통의 특징을 살펴보자. 우선 하루하루 심해지는 진행성이 아니다. 그리고 뇌 자체 이상 시 반드시 나타나는 뇌압 증가로 인한 증후인 메스껍거나 구토 같은 증상은 없고, 또 뇌신경 이상증상(가령 의식을 잃는다

든지, 마비가 된다든지, 눈이 안 보인다든지, 냄새를 못 맡는다든지 등등)이 없다. 구태여 CT나 MRI를 안 찍어도 될 것 같은데, 그것에도 이상이 없다고 하지 않는가? 동반되는 증상은 잠도 안 오고 불안하다는 정신적인 증상들이다.

전형적인 긴장성 두통(Tension headache)을 앓고 있다. 긴장성 두통은 스트레스가 원인이고, 뇌가 아닌 두피 근육, 즉 머릿속이 아닌 껍데기의 문제다. 두개골은 수많은 근육으로 싸여 있는데 근육 속엔 많은 말초 감각 신경들이 분포한다. 따라서 스트레스, 즉 신경이 긴장되면 당연히 근육도 따라서 긴장하게 되어 두통이 발생한다. 긴장성 두통은 한 마디로 '머리 근육통(筋肉痛)'이며, 더 쉽게 얘기하면 '머리 근육의 담'이라고 할 수 있다. 근육이 긴장되면 통증 유발 물질이 발생하여 두통을 일으킨다. 근육이 조금 긴장하게 되면 머리가 무지근하게 아프고, 근 긴장이 아주 심하면 경련을 일으켜 콱콱 쑤신다. 사람들이 흔히 겪는 대부분의 두통은 긴장성 두통에 해당되며, 많은 사람들이 일상적으로 경험하는 것이다.

스트레스성으로 오는 긴장성 두통이라고 하니 그녀는 대뜸 의아하게 생각하며 내게 묻는다.

"저는 신경 쓰는 일이 없는데요?"

이런 환자에겐 스트레스에 대한 설명이 필요하다(스트레스란을 참조). 스트레스는 '나와 세상'과의 불협화음이다. 그런데 U 씨는 '세상'이 문제없다고 한다. 그렇다면 문제는 '나', 즉 U 씨 자신이 문제다.

"제가 문제라고요?"

그렇다, 문제는 그녀의 성격이다. '너무나 꼼꼼하여서 아무리 바빠도 해야 할 일은 완벽히 해야 하고, 일하기 한참 전부터 걱정을 많이 한다!', 이것은 전형적인 강박적 성격의 특징이다.

강박적인 성격은 무슨 일이 있으면 한참 전부터 지레 걱정하고 조그만 일에도 항상 완벽해야 한다. 그렇기 때문에 쓸데없는 신경을 많이 써서 신경줄기가 늘 긴장되어 이완될 날이 없다. 사소한 것에 쉽게 불안하고 긴장하다 보니 잠도 잘 안 오고, 두통이 지속되다 보니 '혹 내가 큰 병 걸린 것이 아닌가?' 하는 걱정이 되고 이 걱정 자체가 또 스트레스가 되어 두통을 지속시킨다.

나는 U 씨에게 스트레스에 대한 충분한 설명을 재차 하였고, 해부학책을 보여주며 두통의 전반에 대해 자세한 설명을 해주었다. 그녀는 얼굴이 환해지며 속이 후련하다고 했다.

신경 쓰면 누구나 머리가 아프다. 아니 아파야 한다. 신경 쓰는데도 안 아픈 머리는 갖다가 버려야 한다. 두통이란 증상은 '당신 사는 것이 힘드니 한 번 바꿔 봐요!' 하는 신체 언어다. 그런데 그녀의 성격은 변하려 하지 않고, 자신이 무엇이 문제인지조차 모르고 있다.

아주 성격을 바꿀 수는 없다. 그러나 세상을 대하는 태도는 바꿀 수 있을 것이라고 했다.

"세상을 어떻게 살면 되지요?"

그 방법은 아주 쉽다. 이게 안 되면 저거 하고, 오늘 안 되면 내일 하면 된다. 문제는 그 실천이다.

처방전

CT나 MRI는 언제 필요할까요? —흔히 머리가 아프면 무조건 방사선 사진을 찍습니다. 그러나 대부분의 경우는 불필요합니다. 뇌압 증가 사인(오심이나 구토)이나 뇌신경 이상(의식소실, 마비, 무감각, 한쪽 눈이 안 보이거나 구음장애 등등)이 나타날 때만 뇌병변을 확인하기 위해 찍을 필요가 있습니다.

41. 두통 2— 밤낮없이 머리가 아파요

회사원 45세 V 씨. 지금까지 머리가 그렇게 아픈 적이 없는데 요즘 들어 머리가 심하게 아프다. 속도 메스껍고, 내과 가서 위장 검사를 해봤지만, 이상이 없단다. 오늘은 메스꺼운 것이 심해져 토하기까지 했고, 계속 토할 것 같단다. 통증은 밤낮이 없고, 점점 그 강도가 심해지는 것이 아무래도 큰 병에 걸린 것 같다고 했다. 그녀는 깜박 정신을 잃기까지 했다.

나는 V 씨를 서둘러 종합병원 신경외과로 이송했다. 얼마 후에 보호자가 빨리 조치를 취해 줘서 고맙다며 인사 차 방문했는데 뇌의 암이란다.

이 환자의 두통은 보통 일반적 스트레스성 두통(긴장성 두통)과는 확연히 다르다. 우선 뇌압 증가 때 나오는 오심과 구토가 나타나고 있다. 그리고 밤낮 없이 두통이 계속 있고, 점점 심해지는 진행성이다. 그리고 의식이 없어지는 뇌신경 증상까지 동반하고 있다.

이상의 특징 소견들이 뇌에 문제가 있는 두통환자들에게서 나타나는 전형적인 통증의 양상이다.

뇌 자체는 말초 감각신경이 분포하지 않아서 칼로 잘라도 통증을 못 느낀다. 그러나 뇌를 싸고 있는 뇌막은 다르다. 말초 감각 신경이 많이 분포되어 조금만 자극해도 통증을 유발한다.

뇌를 뇌막과 뇌 사이에 뇌수가 차있는 하나의 공으로 생각하면 뇌를 이해하기가 쉬울 것이다. 그 공 속에 부종이나 암종 같은 것이 생기면 어떻게 될까? 압력이 생겨, 뇌압이 올라갈 것이고, 그러면 뇌압 증가에 따르는 특징적 증상이 있다. 메슥거리며 토하는 증상이 나타난다.

그리고 뇌의 압력은 밖으로 미는 힘이 생겨 뇌막을 자극하여 두통을 일으킨다. 또 압력은 안으로 작용하여 뇌를 누르고, 또 뇌 자체 병변 때문에 뇌신경 증상이 나타난다. 눈이 안 보인다든지, 의식을 잃는다든지, 마비가 온다든지, 등등의 증상이 생길 수 있다.

이때 두통은 하루가 다르게 점점 증상이 심해지는 진행성이고, 밤낮없이 통증이 지속되어 잠도 잘 수 없고, 생명이 위험할 수도 있다. MRI나 CT, 척수 검사 등으로 병변을 빨리 진단하고, 정확한 진단에 따라 적절한 치료가 필요하다. 이를 위해 빨리 종합병원으로 이송할 필요가 있다.

뇌염, 뇌동맥류, 뇌암, 뇌의 외상에 의한 손상 등등. 두개골 내 발생할 수 있는 뇌 질환들이다.

나는 지금까지 두통을 호소하는 몇만 명의 환자를 보았다. 그런데 이런 뇌에 문제가 있어 급히 이송 조치한 환자는 몇 명 안 된다. 그렇지만 뇌에 문제가 있다면 생명이 걸린 문제다. 그래서 신속한 진단, 정확한 감별진단이 필요하다.

토하거나 메슥대는 증상이 있으면, 아프다 말다가 하는 것이 아니라 밤낮없이 아프고, 그리고 통증이 계속 진행성이라면, 또 뇌 신경 이상 증상까지 나타나면, 일단 긴장해야 한다.

그러나 흔히 일반적인 두통 증상은 두개골 안의 문제가 아니다. 두개골의 싸고 있는 근육과 말초신경, 즉 두개골 밖의 껍데기의 문제다. 나는 환자들에게 알아듣기 쉽게 '두통=머리 근육통=머리 근육담'이라 한다. 그러면 쉽게들 이해하며 안심하고 재미있어 한다.

"선생님, 머리 껍데기의 문제란 말이지요!"

처방전

두통약이란? : 근육이 긴장하면 통증을 유발하는 물질이 분비됩니다. 진통제는 이 통증 유발 물질을 파괴시키는 성분입니다. 그런데 신경안정제는 이보다 한 단계 앞서서 근육긴장 자체를 풀어주거나, 근육긴장이 일어나지 않도록 사전에 예방하여, 통증 유발 물질 분비 자체를 막습니다. 따라서 신경안정제는 일반 진통제보다 더욱 선제적 치료법입니다. 다른 과에서 치료받다가 두통이 나아지지 않아 정신건강의학과에 오면 두통 치료가 잘 되는 이유입니다.

42. 해리 현상— 사랑도 지울 수 있다면

어느 가을날, 스무 살 가량의 훤칠하게 키가 크고 조용해 보이는 청년과 50대 여성이 정신건강 의학과 외래를 방문했다. 여성은 안절부절못했으나 청년은 전혀 무관한 듯 태연하게만 보였다. 여성이 서둘러 말을 시작했다. 같이 온 청년은 자신의 아들로, 갑자기 행방불명되었다가 열흘 만인 어제서야 집에 돌아왔는데 어떻게 된 일인지 가족도 몰라보고 어머니인 자신도 '어머니라 하니 그저 그런가 보다' 하는 식이라며 어떻게 이럴 수가 있느냐고 여인은 울먹였다. 안정을 시키고 차근차근 이야기를 더 들어보았다.

청년은 울산에서 자취하면서 재수를 하고 있었는데 10일 전 갑자기 행방불명되었다. 갈 만한 곳은 다 찾아보았지만 찾을 수가 없어서 학원을 찾아가 아들의 가출 전 행적을 물으니, 아주 친하게 지내던 한 여학생이 있으니 그녀에게 물어보라고 했다. 그 여학생을 만났고 그녀로부터 그의 가출 전날에 있었던 일에 대해 이야기를 들을 수 있었다.

그 여학생은 청년과 항상 같이 붙어 다닐 정도로 친하게 지냈다고 한다. 같은 동향이기도 해 남성이라기보다는 친구로 생각했는데, 청년은 그게 아니라 한 여인으로서 그녀에게 다가가고 싶어 했다고 한다. 그러는 것이 여학생은 점점 부담스러워져서 자신의 입장을 명확히 밝혀야겠다고 생각했다. 그래서 학원 수업이 끝난 후에 불러내 둘이 자주 가는 호프집에서 만나 자기는 청년을 남성으로 생각한 적이 한 번도 없고 앞으로도 그럴 거라며 좋은 친구로 지내자고 했단다. 그러나 청년은 그녀의 말에 심한 충격을 받은 것 같았고, 인사불성이 될 정도로 술을 마시더란다. 청년이 많이 취한 상태에서 헤어졌는데, 다음날부터 학원에 나오지 않았다고 했다.

어머니의 이야기가 끝나는 대로 나는 청년과 면담을 시작했다. 청년은 아침(여학생과 고백 후 헤어진 다음 날)에 자취방에서 깨어나니 속이 메스껍고 몸은 천근만근이었다. 전날 술을 많이 마셨나 본데 어디서 누구와 마셨는지 통 기억이 나지 않았다. 자기가 누군지 자신의 이름이 무엇인지 모르겠고, 아무리 생각해 봐도 전혀 기억이 나지 않았다. 자신이 누구인지 모르겠는데 한 소녀의 얼굴과 하얀 등대만이 자꾸 떠올랐다. 자기 집이 어딘지도 모르겠고 주머니 수첩엔 암호같이 모르는 주소들만 있더란다. 그 주소들 중에 자기 집이 있겠지 싶어 순천, 서울 등을 돌아다녔고 마지막 찾은 곳이 울진 자기 집이었다.

다시, 같이 온 어머니가 말을 덧붙이길, 청년은 10일째 되는 날 저녁쯤에야 초췌하고 지친 모습으로 돌아왔다. 자신의 어머니를 보고도 인사도 없이 멍하니 모르는 남처럼 굴고 태도가 영 이상했다. 그런 그의 행동을 집안 식구들이 처음에는 꾸짖기도 했지만 아무래도 정신에 이상이 있는 것 같아 병원에 데려왔다고 했다.

그는 날짜나 시간, 일상적인 상식들은 기억했으나 행방불명 전날까지의 자신과 관계된 모든 인적 사항을 기억하지는 못했다. 그리고 학원에서 친하게 지내던 그 문제의 소녀에 대하여 물었더니, 그는 전혀 기억을 못했고 오히려 무슨 소리를 하느냐는 표정을 지었다. 면담 중 그는 자신의 기억상실증에 대해 답답해하기는 했으나 전혀 걱정하는 빛은 없었다.

이 청년이 겪고 있는 증상이 해리(Dissociation) 현상이다. 입원 이틀째 되는 날 아버지라는 사람이 찾아와 다짜고짜 환자 면회를 요청했다. 규칙상 입원 2주까지는 면회가 안 된다고 했으나 외항선원인 그는 한 번 출항하면 몇 달 후에나 집에 올 수 있다며 떼를 써 면회를 허락했다. 아니나 다를까 아들을 만나본 그는 아들이 '퇴원시켜 달란다'며 다짜고짜 퇴원을 요구했다. 설득이 안 되었고, 나는 어쩔 수 없이 환자를 외래로 계속 치료하기로 하고 퇴원시킬 수밖에 없었다. 그 후 청년은 외래를 한 번만 더 방문했을 뿐, 그 후 병원에 오기를 거부해 청년의 어머니만이 병원을 몇 번 더 방문했다. 그의 어머니는 청년이 집에서 전혀 남처럼 자신에게 구는 행동들을 안타까운 마음으로 일기처럼 매번 적어 가지고 왔다. 그나마 그녀의 방문도 끊겼고 그 후 청년이 어떻게 되었는지 소식을 알 수 없었다.

한 여자를 사랑했고, 그 여자에게 가까이 다가가고 싶었지만, 거절을 당했다. 그의 마음은 너무 고통스러웠고 그런 현실을 받아들일 수 없었다. 그래서 자신의 아이덴티티를 포함해 부정하고 싶은 모든 부분을 기억 속에서 삭제해 버린 거다. 우리 마음은 너무 고통스러울 때 이런 해리 기전을 사용하기도 하는데, 이는 지나친 충격을 방지하기 위한 일종의 방어기제다.

자신이 저주스러웠고, 그런 현실을 받아들일 수 없어서 차라리 그는 자신의 모든 것을 지워 버리고, 연처럼 뚝 끊어져 울산에서 울진읍까지……, 모두 지워 버렸으나 그녀와 그녀의 고향집이 있는 죽변항 등대는 끝내 지울 수 없었는지 감정과 현실의 연결이 끊어진 기억의 섬으로 남긴 것이다.

세상은 저쯤에 있고 나와 접점은 지워졌다. 등대와 여자는 기억의 섬이 되어 떠 있다. 모두 지워버리고 훨훨 날기 위해서인가? 하지만 날 수는 있게 되었지만, 그러나 날아갈 하늘이 없어졌다.

자기의 이름, 집, 부모 등 자기의 아이덴티티에 대한 것만 기억을 못 하는, 일종의 선택적 기억상실증이다. 이런 경우 환자는 기억 상실에 대해, 예의 환자에서 보이는 행태처럼 걱정하거나 괴로워하지 않고 오히려 무관심하다. 그런데 대개의 경우 사회생활을 못할 정도로 심각하게 장기적으로 지속되는 경우는 드물고 합병증 없이 회복된다.

지금 그 청년은 어떻게 지낼까? 이같이 엇갈린 첫 사랑은 너무나 고통스럽다. 그러나 사람들은 그 고통의 시간을 소중한 추억으로 아물려서 다시 세상을 살아간다. 아마 그 청년도 마찬가지로 그 성장통의 질곡을 지나 지금은 잘 살고 있을 것이다.

처방전

심리적으로 아주 극심한 스트레스 상황에서는 충격을 받지 않거나 완화시키기 위해 고통스러운 기억을 지워버립니다. 한 예로, 환자 중에는 좋아하는 형부에게 따귀를 맞았는데 처제는 그 맞은 기억만 잊어버렸습니다. 이처럼 심리적 기억장애의 특징은 특정한 것, 특정 시간대만 잃어버리는 선택적인 면이 있습니다. 그리고 본문의 환자처럼 자신의 문제를 전혀 심각하게 생각하거나 걱정하지 않습니다. 무의식적으로 자신의 신체에 문제가 없다는 것을 알고 있는 것입니다.

43. 꿈— 다정한 친구

재미있는 꿈 분석 하나 해보자. 내가 개인적으로 아는 여성 건축가의 꿈이다. "꿈도 천연색으로 꿀 수 있나요?" 하며 자신의 꿈을 사석에서 털어놓았다.

P : 자는데 노란 배가 양어깨에 하나씩 놓여 있어 너무 무거웠고, 그 때문에 어깨가 너무 아파 잠을 깼어요.

나는 꿈 내용을 가지고 연상을 시켰다.

T : '배' 하면 어떤 생각이 나요?

P : 결혼해서 시어른들 앞에서 배를 깎는 것이 너무 힘들었다는 생각이 난다고 했다.

그 여성 건축가는 결혼한 지 얼마 안 된 새색시고 그때 어른들 앞에서 과일 심부름을 했을 것이다. 배를 깎으며 그녀가 느낀 긴장된 경험이 꿈으로 나타난 것이고, 배가 양어깨를 짓눌러 아파서 깰 정도로 중압감을 느꼈던 것이다.

면담 중 흔히 접하는 게 꿈이다. 사람들은 꿈에 대한 생각과 꿈을 꾸고 난 후의 반응이 아주 다양하다. '꿈을 꾸느라고 한숨도 잠을 못 잤다' 부터, '꿈을 꾸었다 하면 누가 죽는 꿈이어서 밤이 무섭다'며 불안해한다.

여기에는 크게 두 가지 의미가 숨어 있다. 꿈은 잠과 별개이고 잠을 방해하는 것이라는 생각, 또 하나는 꿈 내용이 다가올 재앙이나 일들을 미리 예언한다는 주술적인 생각이다.

꿈을 꾸고 불안해하는 사람들에게 나는 "공짜 영화 한 편 보셨네요." 하고 농을 한다. 그렇게 가볍게 생각하라는 권고이기도 하다. 꿈에 대해서 조금만 알고 이해한다면 이런 반응이 나오지는 않을 것이다.

꿈은 누구나 꾼다. 자는 동안 90분 간격으로 REM 수면이 반복되고, 이때 꾼다. 그래서 우리가 7~8시간 잔다면 하루 저녁에 4~5번은 반드시 꾸는 셈이다. 그러나 자고 일어나면 대부분 기억이 안 난다. 이는 꿈 작업(Dream work)이라는 것을 통해 기억상에서 지워져 버렸기 때문이다. 다만 심리적으로 불안한 사람은 그 꿈 내용이 너무 강렬한 나머지 꿈 작업이 실패하게 되어 기억 속에 생생히 남는다.

그러면 꿈은 왜 꾸는가? 많은 학자들이 연구하고 있지만 정확한 것은 모른다. 다만 꿈꾸는 것은 뇌의 현상이고, REM 수면 시간 동안 꾸어지며, 이 꿈꾸는 시간은 뇌파를 통해 잡아낼 수 있다. 어떤 실험에서 꿈을 못 꾸게 계속 깨웠더니 심각한 문제가 생기더라는 것까지만 알 정도다. 꿈에 대해 나는 환자들에게 이렇게 설명하곤 한다.

컴퓨터 작업과 같다. 당신의 마음속에 있는 것을 삭제할 것은 삭제하고 저장할 것은 저장하는 작업이다.

어쨌든 꿈은 우리에게 꼭 필요하고, 꿈꾸는 시간인 REM 수면 동안은 우리 몸에 여러 변화가 생긴다. 인간은 일정한 온도를 유지하는 정온 동물이다. 그런데 REM 수면시간에 인간은 변온동물이 되며, 성기가 발기되며 눈을 깜박거린다. (Rapid Eye Movement=REM 수면이라 한다.)

꿈을 구성하는 내용은 크게 세 가지다. 첫 번째는 과거에 자신이 겪었거나 겪고 있는 것, 두 번째는 자신이 소망하는 것, 세 번째는 잠자는 환경으로 만약 자는 동안 밖이 시끌시끌하면 이것이 꿈속으로 들어간다.

이 세 가지가 꿈을 구성하는데 그 내용은 그대로 나오는 것이 아니라 각색(脚色) 변형(變形)된다. 이 각색 변형된 꿈을 발현몽(Manifest dream)이라고 하는데, 각색 변형되는 과정에서 꿈은 전혀 엉뚱한 내용이 된다.

이렇게 변형 각색되는 데는 이유가 있는데, 그것은 잠을 깨우지 않게 하기 위해서다. 오이디푸스 콤플렉스가 심한 아이가 흔히 꾸는 살부(殺父)의 꿈은, 아무리 꿈속에서라도 자신의 아버지를 죽인다는 것은 놀라 깨어날 일이다. 그래서 꿈 작업은 이것을 변형시켜, 아버지를 죽이는 무서운 내용 대신 아버지를 나무로 바꾸어 나무를 벤다든지 나무를 꺾는 것으로 살짝 대체(Replacement) 각색하여 잠을 계속 잘 수 있게 한다.

꿈이 미래를 예견하고 예측하는 예지 기능이 없는가? 인류 역사상 오랫동안 꿈은 미래를 예측하는 점술사들에 의해 이용되고, 때로는 악용되기도 했다. 꿈은 무의식이고, 무의식은 의식이 미처 감지하지 못한 내용을 미리 감지할 수 있다. 따라서 꿈은 미지의 다가올 시간을 예측하는 면도 있다. 그러나 그것은 주술적인 것이 아니라 그 사람 마음의 기능일 뿐이다.

꿈에 대해 이렇게 안다면, 자신이 꾼 꿈의 내용을 단지 참고할 필요는 있어도 전혀 불안해할 필요는 없다. '꿈꾸느라고 잠을 한숨도 못 잤다', '매일 죽는 꿈만 꾸니 불안하다.' 이제 이런 얘기는 하지 말자.

잠을 잤으니 꿈을 꾼 것이다. 그리고 꿈에서 죽는다고 현실적으로 자신이나 친척 누가 죽는 것은 아니다. 자신이 '그런 불안을 가지고 있구나!'라고 이해하면 될 것이다.

앞에서 언급한 대로 꿈은 누구나 꾼다(반복되는 REM 수면 동안). 꿈을 많이 꾼다는 것은 꿈을 많이 기억한다는 말이고, 꿈을 많이 기억한다는 것은 꿈 작업(Dream Work)이 실패하고 있으며 옅은 잠을 자서 REM 수면 시간이 많다는 얘기다. 그리고 그 꿈 작업이 실패하고 있다는 것은 심리상태가 불안하거나 불안정하다는 얘기다.

이렇게 생각한다면 꿈은 당신의 친구이자 아주 훌륭한 조언자가 될 것이다. 이제부터는 자신이 꾼 꿈에 대해 더 이상 불안해할 것이 아니라, 그 꿈을 통해 자신의 마음 상태를 체크해 보자. 이제부터 당신은 꿈이 기다려질 것이다.

꿈의 해석은 어떻게 해야 하나? 꿈 작업을 반대로 거슬러 올라가면 된다. 현재 우리가 기억하는 내용은 각색되어 나타난 발현몽이고, 각색되기 전의 원내용이 잠재몽(Latent dream)인데, 우리가 꾼 꿈 내용을 거슬러 올라가며 추론하면 된다.

그 추론하는 방법은 여러 가지가 있다. 가장 대중적으로 사용하는 방법이 '어떤 내용은 어떤 특정한 것을 나타낸다'는 상징적 해석이다. 그러나 정신분석에서 프로이트는 더 이상 이 방법을 쓰지 않았다. 대신 꿈 내용 하나하나를 현재 기억되는 생각이나 느낌과 연상(Association)을 시켜 발현몽 이면에 숨어 있는 잠재적 의미를 추론해 나갔다.

이렇게 꿈은 정신분석에서 유용하게 쓰인다. 프로이트는 꿈을 무의식의 창이라고 하였다. 실언이나 망각처럼 그 사람의 속마음을 엿볼 수 있는 좋은 사건이기 때문이다.

흔히 정신과 전문의가 되기 위해서는 꿈에 익숙해져야 하고 꿈 해석 방법을 배우게 된다. 그 방법 중에 자신의 꿈을 분석해 보는 것도 한 방법이다. 꿈을 꾸면 그것을 기록하여, '내가 왜 이런 꿈을 꾸었나' 를 생각한다.

이는 다른 말로 말하면 '이렇게 꾼 발현몽의 뒤에 숨어 있는 각색되기 전에 잠재몽이 무엇인가' 를 추론하는 것이고, 이는 곧 '내가 겪은 것, 소망하는 것. 자는 동안에 나의 심리 상황'을 생각하는 것이다.

이렇게 꿈 해석을 반복하다 보니 나는 그것이 습관화되어 꿈을 꾸면서 꿈속에서 그것을 분석한다. '나의 내면에 지금 이런 것이 문제되고 있구나!'를 알게 되고, 이것은 내 무의식을 이해하는데 큰 도움이 된다. 꿈에 대해 이 정도만 안다면 지금까지와는 다르게 꿈을 바라볼 수 있을 것이다.

처방전

잠에도 단계가 있습니다. 1단계, 2단계, 3단계, 4단계로 깊어져 갑니다. 그랬다가 다시 4단계에서 3단계, 2단계, 1단계, 그리고 REM 수면! 이렇게 반복되는데, 한 사이클이 도는 데 걸리는 시간이 90분입니다. 따라서 8시간 잔다면 5, 6번 REM 수면이 지나가고 이때 반드시 꿈을 꾸니 하루 저녁에 5, 6번은 꿈을 꾼다는 얘기입니다. 그런데 심리적으로 불안하면 3단계 4단계의 깊은 잠에 못 들어갑니다. 1단계에서 2단계로 다시 1단계로 갔다 바로 REM 수면으로 가고, 이를 반복합니다. 그러다 보면 잠의 질이 떨어져 피곤하다 하고, 자는 둥 마는 둥 한 것 같고, 잠은 못 자고 꿈만 꾸었다고 투덜댑니다.

Epilogue

까짓것 우울하면 좀 어때?

Epilogue

까짓것 우울하면 좀 어때?

사람은 태어나서 '엄마'라는 이름에 전적으로 의존하며 생을 시작합니다. '엄마'의 젖을 먹고 따뜻한 보살핌을 받으며 자라게 되는데, 그 엄마라는 존재는 아기에게 가장 안전하고 믿음을 주는 '애착'의 대상이 됩니다. 아기는 이때 처음으로 친밀한 관계 형성을 경험하게 되고, 이것을 발판 삼아 친밀한 관계를 주위로 확대해 나갑니다. 그리고 자신만의 세계인 '자아'의 형성이 시작됩니다.

그러나 엄마는 전적으로 아이에게만 매달릴 수 없습니다. 아이는 엄마와 떨어지는 과정을 필연적으로 겪게 될 수밖에 없습니다. 이는 아이에게 일생일대의 사건인 분리 불안을 야기합니다. 아이는 나름대로 엄마 대신 다른 대상으로 일시적인 대체를 하기도 하면서 힘겹게 이를 극복해 나갑니다. 이것이 어느 정도 성공적일 때 아이는 혼자 유치원에 갈 수 있게 됩니다. 그 다음은 초등학교! 학업이 시작되고 동기부여를 하며 성취감의 즐거움을 배우는 시기입니다.

아이의 몸은 부쩍 커지고 이차성징이 나타나며, 사춘기를 맞게 됩니다.

아주 반항적이고 감정 변화도 심하여 자신이나 부모 모두가 힘든 시기입니다. 이는 자아 형성이라는 과업 완수를 위한 진통으로, 자아 확립이 되고서야 끝나게 됩니다. 그때 비로소 아이는 자라서 이 세상에서 홀로 설 수 있는 독립된 주체가 됩니다.

이런 모든 과정들을 훌륭하게 마친 사람, 영광스러운 그 이름이 '어른'입니다. 그 어른은 자신을 사랑하고 남을 이해하고 포용할 줄 압니다. 또 예의가 바르고 자존감이 넘치는 유쾌한 사람입니다. 또 많은 사람들과 인간관계를 기꺼이 맺을 수 있고, 사랑도 하며, 결혼하여 행복한 가정을 꾸리고 훌륭한 부모가 됩니다.

이것이 한 인간이 세상에 태어나서 성숙한 어른이 되어가는 성공적인 과정입니다. 그런데 이런 과정이 제대로 잘 이루어지지 않는다면, 아주 많은 심각한 문제들이 발생합니다. 그 문제의 세세한 단편들이 이 책의 내용들입니다.

당신의 자존감은 안녕하신가요?

(누군가 없으면 잠을 못 자는 여자, 집착하는 사람들, 자존심이 높은 남자, 자존감이 낮은 여자, 페르소나, 남의 눈빛 하나에도 우울해지는 의대생, 어른들의 사춘기)

자라나지 못한 마음 속의 아이들

(마음속의 아이들, 아이가 너무 어수선해요, 엄마는 내 여자, 휴지 빼주는 남자, 사춘기는 없으면 안 되나요?, 자식에게 줄 수 있는 가장 좋은 선물, 31번째 남자)

상처받기 쉬운 가족이란 울타리

(착한 여자 증후군, 형제는 왜 싸우는가?, 형제는 사랑하지 않는다, 센티멘털 박, 혼자 밥 먹는 남자, 그녀의 겨울)

남자와 여자 그리고 결혼

(결혼의 조건, 사이-거리는 존중되어져야 한다, 섹스라는 것, 닫아버린 성(性), 날마다 페니스에 이름 쓰는 여자, 유쾌한 이혼, 필리핀산 행복, 죽지도 못하는 여자, 스토커를 만나면?, 술만 마시면 180도 달라지는 사나이)

장애와 통증 사이

(중독으로 들어가는 문, 경계가 많은 사람들, 숨 막히는 두려움, 마음에 드리운 긴 그림자, 사람을 대하는 게 불편하고 두렵다, 누구에게나 '불안'은 있다, 잘 사는 것 같은데 저 환자 왜 왔나요?, 이유 없이 잠 못 이루는 밤, 신경 쓰면 누구나 머리가 아프다, 밤낮없이 머리가 아파요, 사랑도 지울 수 있다면, 다정한 친구)

이 책의 소제목들인데, 그 주인공들을 한 사람씩 한 사람씩 떠올려 봅니다. 그래, 지금은 어떠신가요? 아직도 그때처럼 힘드신가요?

여러 차례 언급했지만 스트레스란 '나와 세상', 더 자세히 말하면 '나의 욕심과 세상 욕심'의 불협화음입니다. 이 책의 주인공들은 성장 환경이 열악하여 '나'가 취약한 분들입니다. 따라서 발달상의 문제를 갖고 있어 면담 몇 번으로 끝날 문제가 아닙니다. 많은 시간이 필요하고 보다 어린 시절로 돌아가 자라지 못한 아이들을 다독거려야 하는 심층적 면담을 필요로 할 것입니다.

그들이 맞닥뜨려온, 맞닥뜨리고 있는 환경인 '세상'은 너무 버겁습니다. 손쉽게 조절-변화시킬 수 있는 상황이 아닙니다. 그렇다면 아직도 여전히 심한 스트레스를 겪으며 힘든 나날을 보낼 확률이 높습니다. 참 안타까운 일입니다.

오늘은 월요일. 주말에는 휴진이어서 환자가 제일 많은 날입니다. 우리 병원은 환자가 많은 편이라, 오후가 되면 버겁게 느껴져 재래시장통을 한 바퀴를 돌고 옵니다. 의사 중에 자살률이 제일 높은 의사가 누군지 아시나요? 흡연율이 가장 높은 의사는? 모두 정신건강의학과 의사라고 합니다. 이 세상의 너무 힘든 일들에 간접적으로 노출되어서 그런가 봅니다. 일종의 산재(?)인 셈입니다.

하루 종일 환자들을 보고 있노라면 유난히 우울해지고 힘든 날이 있습니다. 그러나 나는 내가 찾아갈 의사가 없습니다. 할 수 없이 자가 치료밖에 할 수 없고, 이날은 나의 단골집인 하이퍼 횟집을 찾아야 하는 날입니다.

집사람에게 메시지를 보냅니다.

"하이퍼 들렀다 갑니다."

초밥이 특히 일품인 하이퍼 횟집은 회를 뭉텅뭉텅 썰어주고, 그 두껍게 썰은 회로 밥을 싸서 줍니다. 입 안 가득 씹히는 포만감! 초밥 하나 시키고 주방 앞의 허름한 나무 스탠드에 앉아 따끈한 정종을 천천히 마십니다. 앞에서 요리중인 셰프이자 주인인 칠순의 아주머니와 이런 얘기, 저런 얘기를 하다 보면 우울감은 가시고, 나는 다시 씩씩하게 집으로 발길을 옮길 수 있습니다. 그럴 때 나는 별을 보며 혼잣말로 중얼거립니다.

까짓것 우울하면 좀 어때?

2019년 봄, 수연재에서 김승기